Simon Lane
Passaparola
A murder mystery
(Titolo originale: *Word of Mouth*)

Traduzione di Cristina Ingiardi
Prefazione di Francesco Forlani
Copertina di Stefania Morgante,
stefaniamorgante.com

Isbn: 978889881214-1

© 2014, Ottolibri edizioni
© *2005, El Tercer Nombre - Spagna*
© *2003, Editora Record -Brasile*
Tutti i diritti sono riservati.

Ottolibri Edizioni è un marchio
dell'associazione culturale Agata:
www.associazioneagata.it

SIMON LANE
Passaparola
A murder mystery

traduzione di
Cristina Ingiardi

prefazione di
Francesco Forlani

autobiografia di
Simon Lane

Ottolibri

Francesco Forlani
Le parole alle cose

«Mi piacciono i libri di Eva, le edizioni illustrate di grandi re e strane usanze. A volte madame Gregory invita Eva a casa sua e in queste occasioni, se madame è impegnata e io ho finito di lavorare e ho sistemato tutto, mi siedo con Eva e sfoglio i libri con lei. Siamo stati in molti posti insieme, sulla Grande muraglia cinese, sulle Ande e sul Machu Picchu, nelle steppe russe, in Australia e oltreoceano, a Tahiti. Una volta ho detto a Eva che le Filippine sono fatte di oltre settemila isole. Non mi credeva, naturalmente, dice sempre Nooo! quando le racconto qualcosa, non è che non sia d'accordo, è solo il suo modo di mostrare stupore davanti a cose che non ha mai sentito prima. Suppongo che sia come me sotto questo aspetto, perché anch'io sento che il mondo è un luogo di dimensioni e ricchezza impossibili, così grande e splendido che nessuna quantità di libri potrà mai descriverlo».

Non è vero che la vita sia un ostacolo alla letteratura. Mentono quelli che dicono che uno scrittore, per essere tale, debba soltanto scriverle, le storie, e andare in giro per librerie a presentarle con una premiata corte dei miracoli al seguito. Vi prendono per il culo, sfrontatamente, quando sostengono, tra la citazione di un formalista russo e le accorate dichiarazioni di un autore acclamato dalla critica, che l'aneddoto uccida la frase, l'esperienza zittisca l'immaginazione; vi raccontano balle quando affermano che vivere le cose significhi annullare di colpo le distanze, e dunque non poterle osservare, né tantomeno descriverle

5

come si deve in modo da poterci vivere, di scrittura. Mentono, spudoratamente, ma soprattutto non conoscono nulla della letteratura come arte della macelleria, del fatto che uno stile incida solo quando ci vada di mezzo la vita. Non è vero. Mentono o semplicemente non vivono. Quando le parole stanno alle cose come una seconda pelle, quando vibrano, sentono cattivo, sanno di alcol, vestono le esperienze seppure per pochi attimi è solo per riempire il vuoto che la vita ti lascia ogni volta che se ne va; scrivere è dare un senso a quelle assenze, alla ripetizione generale che non prove richiede a chi si avventuri fin lì ma solo un'autentica consapevolezza del mistero che è dietro ad ogni cosa, dentro ogni parola. Passaparola, Word of mouth, Boca a Boca, è un processo di ricognizione nello spazio e nel tempo di questo unico e insormontabile mistero; è la confessione di un ferito a morte dai terribili ingranaggi di un'epoca talmente assorta nella sua nuova identità festiva, da non intendere il lavoro di filatura che il protagonista cartografo cerca di tessere tra le strade di St. Germain, nel cuore della capitale; è una tecnica di respirazione e di sopravvivenza; è la deriva di un bidone della spazzatura che si trascina con un corpo senza vita attraverso la falsa vita di chi sembra totalmente incapace di cogliere il desiderio di verità di un clandestino, portavoce e capro espiatorio, nel frastuono dei rave metropolitani. Simon Lane traccia in questo romanzo, con l'eleganza dei Flâneurs, il viaggio da Odissea tutta moderna di chi vuole a tutti i costi restituire un senso alla morte, come soltanto può chi della propria vita decide di farne un'opera. Ecco perché non riesco a parlare di un libro di Simon Lane senza avere la sensazione di toccare la pelle insieme alla carta, di sentire la sua voce nasale, osservare la mimica memorabile delle sue espressioni in quelle dei suoi personaggi e prendere in mano la parola "bicchiere" mentre lo ascolto. Uno dei suoi primi libri, *Le veilleur*, la sentinella, fu pubblicato da una delle migliori case editrici francesi, Christian Bourgois. L'editore di Jorge Louis Borges e Gabriel García Márquez, Antonio Tabucchi e Roberto Bolaño. Il traduttore Brice Matthieussent, lo stesso di John Fante, Paul Bowles and Charles Bukowski. Simon Lane avrebbe retto la sfida all'ultimo bicchiere con gli americani ma a differenza di loro era un Gentleman.

«Capisce, il mio viaggio era giunto alla fine, un viaggio tra tanti, perché tutte le nostre vite sono fatte di viaggi di un tipo o di un altro, che siano viaggi veri o immaginari, la vita è un viaggio, l'amore è un viaggio, il nostro destino è un viaggio, e questo è ciò che tutti finiamo per accettare, anche se è difficile accettare l'idea di un viaggio che comprenda un bidone con un cadavere dentro. Ebbene, il viaggio di monsieur Charles era giunto al termine e adesso stava per intraprenderne uno nuovo, l'avrei spinto delicatamente nella Senna e gli avrei lanciato un fiore, se fossi riuscito a trovarne uno, cioè, perché ricordavo benissimo di aver visto dei fiori nel libro di Eva, e almeno un fiore che galleggiava sul Gange».

A mio padre

Non c'è alcun modo per discoprire dal volto
le intenzioni dell'animo
Macbeth, William Shakespeare[1]

Nel deserto non c'è centro
Jorge Luis Borges[2]

---

1 *Macbeth*, William Shakespeare, atto I, scena IV, introduzione, traduzione e note di Gabriele Baldini, BUR, 1985.

2 Probabile interpretazione da *Sette notti*, Jorge Luis Borges, trad.di Mirka Eugenia Moras, Feltrinelli, Milano, 1983, pag. 46 ("Sta al centro del deserto – nel deserto si sta sempre al centro").

1

Quello che mi piace di più è la luce che entra dalla finestra. È stranissimo pensare che tutti condividono questa luce, che non è solo per me, quando sono così solo in questo posto. Non ci sono altre cose da farsi piacere, qua, eccetto i sogni. I miei sogni non interesserebbero a nessuno, ma d'altra parte non ho nessuno con cui condividerli, perciò non importa. A me invece interessano perché, a parte la luce e i ricordi e i pensieri e il rumore del mare che riesco a udire se accosto la conchiglietta all'orecchio, be', a parte queste cose non ho altro, capisce? Raimundo una volta mi ha detto che i miei sogni lo annoiavano, immagino sia vero, intendo dire che dev'essere noioso sentire qualcuno raccontare i propri sogni, ma concordo con tio Juan che diceva che la vera vita è quella che si trascorre dormendo. Me l'ha insegnato quando ero piccolo, ora che ci penso mi ha insegnato praticamente tutto, mentre io non devo insegnare niente a nessuno, soprattutto non a Raimundo, che non ascolterebbe comunque. Io posso solo parlare. E ascoltare. Per ora parlerò. Ed è importante, perché se lo faccio bene, con tutti i dettagli, allora tornerò libero, perché io non ho ucciso monsieur Charles, lei deve credermi, d'altronde nessuno ammazzerebbe qualcuno solo perché non si prende la briga di svuotare la caffettiera nel gabinetto, non ha senso.

2

Non sono sicuro che lei voglia ascoltare tutto questo, avvocato, ma da qualche parte devo pur cominciare. Si aspetterà che le dica cosa è successo con esattezza, ma non sempre funziona così, voglio dire che se tutti sapessimo cosa ci succede con esattezza e per lo più fossimo d'accordo su un'unica versione dei fatti, la verità ci apparirebbe come questo quadrato di luce che si staglia sul pavimento. Nitida. Ma purtroppo la verità, come la luce, la senti tua in modo speciale quando sei l'unico a vederla, né ti immagini che gli altri riescano a percepirla come te, ammesso e non concesso che la vedano. Ognuno guarda il mondo con i propri occhi, e questo include la verità, che lo si voglia o meno, vale a dire che se anche tutti fossero onestissimi, cosa che non sono, persino allora la verità continuerebbe a essere una faccenda personale, un po' come l'amore o la scelta di mangiare a colazione il croissant o il *pain au chocolat*, oppure uova e bacon se sei mister Penfold.

Quando lei mi ha chiesto di rendere la mia testimonianza, senz'altro immaginava che fossi ignorante in questo genere di cose, che fossi ignorante in generale, e invece non lo sono, perché ho letto libri e visto film e parlo fluentemente inglese grazie allo tio Juan. Non ho mai imparato il francese bene come avrei dovuto, non so perché, forse è una lingua per certe persone e non per altre. Sono povero, sono sempre stato povero o relativamente povero, mi hanno cresciuto in modo semplice, ma questo non mi ha impedito di leggere libri, che per un verso è una cosa facile da fare e, ovviamente, per altri versi piuttosto complicata, perché leggere un libro è un conto, capirlo è tutt'altro. Questo ho imparato da bambino, da solo, estraneo alle cose del mondo, e adesso, di nuovo solo, qui in questo posto, traggo conforto dalla mia infanzia proprio come traggo conforto dal raggio di luce, che potrei quasi toccare con mano per quanto sembra vicino, eppure labile. È questo a renderlo così bello?

Per quanto abbia letto un sacco non ho mai scritto niente, a parte le liste, motivo per cui preferisco parlare in questo affare che mi ha dato lei. Quante liste ho fatto? Migliaia. Alcune brevi, alcune lunghe, alcune medie, ma comunque liste, ho fatto liste di qualunque cosa le venga in mente, dal latte alla carta igienica alle lampadine alla candeggina alla pellicola per le diapositive per il signor Agostini e una volta persino i profilattici, sì, e in diverse occasioni ho fatto una lista di tutto quello che si potrebbe mettere in una lista, e se pensa che una lista può contenere solo una o due voci, be', almeno due altrimenti non è propriamente una lista, o che può contenere un mucchio di cose, magari un centinaio o più, non che io abbia mai fatto una lista di centinaia di cose, ma insomma può capire che anche aver scritto soltanto liste non è una faccenda da nulla. Al contrario. E le liste sono ingannevoli come qualunque altra cosa, ché non bisogna mai farsi imbrogliare da quella che sembra una semplice lista di pochi articoli, se quegli articoli sono difficili da reperire e ti costringono a girare la città in lungo e in largo invece che una lista di, diciamo, venti o trenta o persino quaranta articoli, ma che si possono tutti trovare in blocco in, diciamo, un *Prisunic* o un *Champion* sotto casa, premesso che io andrei fino al mercato a comprare certe cose, specialmente le verdure, anche se potrei trovarle al supermercato, non beccherete mai Felipe ad acquistare le verdure al supermercato, detersivi acqua minerale e così via sì, ma verdure mai, quello è tutto un altro paio di maniche, come direbbe mister Penfold.

E questa, che è una lista tutta particolare, una lista di quello che è successo con esattezza, per quel che potrò fare, ebbene, la sto facendo solo perché mi ha detto lei di farla. Ho sempre fatto le cose solo perché mi era stato detto di farle, tranne una volta, ovviamente, che non vuol dire averle fatte sempre, a volte ho preferito non farle, ma non ho mai fatto qualcosa solo di mia iniziativa senza che mi venisse detto di farlo, a parte leggere, ma anche allora è stato perché tio Juan suggeriva un libro invece di un altro, o perché mister Penfold mi indicava un volume particolare della sua biblioteca. Anche adesso che sto facendo questa lista e sto pensando tra me e me che probabilmente avrei potuto farla senza che mi venisse detto, lo sto comunque facendo solo perché lei mi ha detto che era qualcosa che dovevo fare, cioè l'idea è venuta da lei, avvocato, non da me, è questo il punto.

Almeno ho qualcosa da fare, dopotutto farei una gran fatica a rendere questo posto più pulito di quanto non sia già.

3

La luce è andata, adesso. L'ho vista andar via mentre sedevo a questo tavolo, a pensare, parlare e ricordare. Se domani ci sarà il sole, tornerà, intendo dire la luce. Ma non posso fidarmi. Niente di bello dura, non si può contare su niente di bello, altrimenti non sarebbe bello. Non riesco a ricordare se è stato mister Penfold a dirmelo o se sono stato io, voglio dire se l'ho pensato da me, se fosse un mio pensiero originale. A volte è difficile ricordare tutto con precisione. A volte mi sento come se tutto mi stesse scivolando dalle mani come una saponetta. Ogni saponetta per me andrebbe legata a una corda, bisognerebbe legare tutto quanto a una corda per evitare che scappi. Tranne me. Io non voglio stare su una corda. È quello che ti fanno quando uccidi qualcuno, giusto? O quando pensano che tu abbia ucciso qualcuno, anche se non l'hai fatto, perché io non ho ucciso monsieur Charles, avvocato. Io non ho mai ucciso niente o nessuno. E che io finisca o no appeso a una corda non c'entra niente con questo. Con la verità, intendo dire. Anche se decidessi di impiccarmi da solo per evadere da questo luogo di rumore, acciaio, chiavi e tristezze.

No, io non ho ucciso monsieur Charles. Era la prima volta che facevo qualcosa senza che mi venisse detto, capisce, ho fatto solo quello che ritenevo più opportuno data la situazione d'emergenza; e, quando ho capito che forse non avrei dovuto farlo, era troppo tardi, qualunque cosa avessi fatto o meno a quel punto non importava più, perché che io trasportassi il corpo di monsieur Charles in un bidone dell'immondizia per sbarazzarmene nella Senna o che lo riportassi nel suo appartamento come se niente fosse, il risultato era identico, ero comunque in possesso di un cadavere, che come mi ha spiegato lei è già reato di suo, che uno l'abbia ucciso o meno. E riguardo alla possibilità di riportare monsieur Charles nel suo appartamento, quando l'edificio non ha un ascensore ragion per cui non credo che sarei riuscito a trasportarlo su, be', mettiamo pure che ci fossi riuscito, come avrei potuto farlo con i vicini che entravano e uscivano e passavano sulle scale, come la non vedente che mi ha visto? Insomma, non è che mi abbia visto ma ha affermato di aver fiutato il mio odore quando ho lasciato l'appartamento con monsieur Charles la prima volta, come se fosse un cane anziché una persona. Non sarebbe proprio stato possibile riportarlo su, perciò era logico che fossi già condannato quando sono riuscito a portare fuori monsieur Charles dall'edificio senza essere visto, condannato proprio quando ho deciso di fare qualcosa che non mi era stato detto di fare.

Capisce, avvocato? Una volta trovato il bidone e messo dentro monsieur Charles non c'era ritorno o spiegazione che tenesse, potevo solo andare avanti, che spesso è ciò che accade nella vita, superi il punto di non ritorno ed è fatta, non puoi più andare indietro, anche se ammetto che la mia fosse una situazione estrema, nel senso che non capita tutti i giorni di ritrovarsi a trascinare per strada un bidone dell'immondizia con dentro la persona per cui lavori capovolta a testa in giù, per quanto siano accadute pure cose più strane, come una volta quel tipo al telegiornale.

A conti fatti, sono stato molto fortunato a trovare un bidone che non contenesse già qualcosa. Di recente ne avevano messi tre nuovi in cortile, di cassonetti più grandi per la differenziata, uno per le bottiglie, uno per la carta e l'altro non ricordo più per cos'era, ma per fortuna i francesi non sembrano particolarmente interessati a quel genere di cose, perciò i bidoni erano sempre vuoti, e forse lo sono tuttora. No, i francesi gettano tutto direttamente nel bidone più piccolo, che perciò straripa sempre di rifiuti, così che la maggior parte dei residenti si limita ad accatastare i sacchetti di immondizia e roba varia intorno al cassonetto, cosa che da un punto di vista ecologico è un chiaro buco nell'acqua, considerato che gli altri bidoni più grandi sono sempre vuoti mentre l'immondizia che non riesce a entrare in quello normale si ammonticchia e d'estate fa una puzza terribile, per non parlare del disordine che si crea. Ma, come senz'altro potrà immaginare, sono stato contentissimo di trovare i bidoni per la differenziata vuoti come al solito quando si è trattato di metterci dentro monsieur Charles, l'ho messo in quello per non so cosa, perciò in un certo senso sono grato alla popolazione francese che se ne infischia dell'ambiente, o che comunque lo gradisce così com'è, perché questo voleva dire poter usare il bidone prescelto senza doverlo svuotare prima. Capisce, se tutti i bidoni fossero stati pieni sarei benissimo potuto rimanere bloccato nel cortile a sistemare tutto, e molto probabilmente durante quell'operazione sarei stato beccato da uno dei vicini vedenti, in fondo chi me lo diceva che uno di loro non sarebbe potuto sbucare da un momento all'altro? Così, invece, tutto è filato liscio e senza intoppi e io ci ho visto una forma di provvidenza nel fatto che il bidone fosse vuoto, pulito e immacolato, non era un normale bidone per normale immondizia, capisce, ma un bidone pensato per la differenziata, da usare per fare qualcosa di buono per l'ambiente e prevenire il riscaldamento globale.

4

È strano, mentre sto seduto qui, o in piedi, o mentre cammino avanti e indietro, pensare a monsieur Charles come a un rifiuto, per quanto speciale, perché lui mi è sempre piaciuto e l'ho sempre stimato come uomo. È stato solo dopo la discussione per l'aumento che le cose tra noi sono cambiate ma, secondo me, è stata tutta colpa di mademoiselle Agnès.

Sì, ho sempre pensato fosse colpa di mademoiselle Agnès, intendo dire la discussione. Quando il senhor Ponte e madame Gregory e mister Penfold e il signor Agostini hanno tutti acconsentito ad aumentare il mio compenso orario da trentacinque franchi a quaranta franchi l'ora, in linea con l'inflazione e la generale congiuntura economica, solo monsieur Charles ha detto che pensava fossi pagato a sufficienza per quel che facevo. Mademoiselle Agnès in quel momento era con lui, ci trovavamo in cucina, monsieur Charles non sembrava affatto alterato, anzi, con molta calma mi ha spiegato che trentacinque franchi gli sembravano una cifra ragionevole per me e così via, ma allora mademoiselle Agnès si è arrabbiata di punto in bianco e ha detto che se non mi stavano bene trentacinque franchi l'ora era certa che monsieur Charles avrebbe trovato senza problemi un altro domestico ben contento di una paga simile. Ebbene, io ho pensato fosse un po' ingiusto, ovvio, e l'ho anche detto, al che mademoiselle Agnès si è arrabbiata sempre più e ha detto che non avevo nessun diritto di avanzare nessunissima pretesa, ero senza permesso di soggiorno, io, ero un clandestino, e al riguardo non ero nella posizione di chiedere niente, ma proprio un bel niente, e dovevo per giunta ritenermi fortunato a prendere trentacinque franchi.

Glielo devo proprio dire, avvocato, se c'è una cosa che non mi piace è essere minacciato perché sono un clandestino, quindi ho risposto che ero orgoglioso di quel che facevo e che mi sembrava di fare un buon lavoro a mettere tutto a posto per monsieur Charles e che infine non pensavo proprio fossero affari di mademoiselle Agnès, battuta che purtroppo ha fatto arrabbiare anche monsieur Charles, penso fosse già d'umore irritabile o giù di lì per via della stanchezza, perché si è infuriato di brutto e ha detto che avrei dovuto trattare mademoiselle Agnès con maggior riguardo, così io mi sono scusato con mademoiselle Agnès, ma per il rispetto che in realtà portavo a monsieur Charles, cosa che non ha sortito alcun effetto dato che mademoiselle Agnès ha continuato a ripetere le parole di monsieur Charles e che andava a denunciarmi alle autorità, il che mi ha fatto infuriare di nuovo, così che, con me arrabbiato e mademoiselle Agnès arrabbiata, è stato il turno di monsieur Charles di arrabbiarsi un'altra volta e iniziare a urlarmi contro, per poi girarsi verso mademoiselle Agnès e chiederle di mettersi da parte e lasciar fare a lui. Ebbene, ho detto solo che c'era qualcosa chiamato lealtà, che mi piaceva lavorare per monsieur Charles perché lo consideravo un gentiluomo, e a quel punto monsieur Charles si è calmato un pochettino e ha detto che era contento che lavorassi per lui, il che non sembrava rallegrare neanche un po' mademoiselle Agnès. Allora gli ho risposto che quello che stavo chiedendo era normale, e che non solo mi piaceva davvero quel lavoro ma per di più non mi ero mai lamentato del fatto che continuavano a svuotare la caffettiera nel lavandino, intasandolo e costringendomi a doverlo liberare puntualmente con lo sturalavandini o con il detergente chimico, cosa che ha fatto di nuovo infuriare mademoiselle Agnès che ha iniziato a urlarmi, dicendo che non era affar mio dove svuotassero la caffettiera. Ecco, a quel punto monsieur Charles si è stufato, ha detto che tornava al lavoro e che ci avrebbe pensato su.

Capisce bene che se il denaro non è tutto, è di sicuro qualcosa, i domestici personali non passano il tempo a addomesticare personalmente la tazza del gabinetto per il gusto di farlo, sebbene Jésus Enrique, mio cugino, che lavora all'Alabama, ha confessato che lui ci si diverte pure, ma persino Jésus Enrique non pulirebbe i gabinetti per niente, se fosse pronto a farlo gratis potrebbe starsene a casa a pulirsi il gabinetto tutto il giorno, non sarebbe costretto a pagare il biglietto della metro e ad andare a pulire quelli di tutti gli altri perché, sicuro come il fatto che mi chiamo Felipe, non venire pagati per pulire i gabinetti è una cosa, ma mettersi a pagare per andare a farlo è tutt'altra. Per carità, mio cugino Jésus è capace di fare cose strane, se attraversasse l'oceano Pacifico per andare a pulire gratis la tazza del gabinetto di qualcuno non mi sorprenderei più di tanto.

Una volta mi disse che pulire i gabinetti era un'arte.
L'arte la espongono al Louvre, Jésus.
Lo so, Felipe, ma se è per questo al Louvre ci sono pure i gabinetti.

5

È stata appena un mesetto fa, intendo dire la discussione, ma sembra molto di più. Il tempo è così. Può andare piano o veloce. Dipende. Qui ovviamente va piano, è proprio il posto a darti quest'idea. Ma quando per esempio lavoro dal signor Agostini, scorre sempre veloce. Quando lui c'è, perché il signor Agostini viaggia spesso per lavoro.

Il signor Agostini è un uomo simpatico, che a volte mi fa ridere. Viene da Napoli, dall'Italia, è un bell'uomo alla moda che piace parecchio alle ragazze. Ma, anche quando lui non c'è, il tempo se ne va in un lampo, c'è qualcosa nel suo appartamento di Belleville che lo fa passare in fretta, forse è perché c'è così tanto da fare, il suo alloggio è quello che chiamano un loft in stile New York di centottanta metri quadrati, che significa un bel po' di pavimento da pulire, considerando che è tutto in legno e va tirato a lucido. E poi ci sono tutti i quadri da spolverare, fotografie scattate dal signor Agostini e da altra gente e messe in cornice. Sembra esserci un mucchio di polvere nell'appartamento, forse polvere e tempo sono in qualche modo correlati, intendo dire la velocità del tempo, perché è ovvio che la polvere più la trascuri e più si accumula. Molte fotografie sono di ragazze nude e mi imbarazza strofinarle con lo straccio. Alcune mi sorridono. Sorridono nelle foto perché sanno che un giorno un domestico gli toglierà la polvere di dosso?

Lavoro per cinque persone. Quattro, adesso che monsieur Charles è morto. Il primo per cui ho iniziato a lavorare è stato il senhor Ponte, che fa il diplomatico all'*Ambassade du Brésil*. È successo cinque anni fa. Il senhor Ponte aveva un amico chiamato senhor de Freitas e, all'epoca, Raimundo lavorava per lui, intendo dire per il senhor de Freitas, così quando il senhor Ponte ha avuto bisogno di un domestico personale ha chiesto al senhor de

Freitas se conoscesse qualcuno. Il senhor de Freitas gli ha raccomandato Raimundo, ma Raimundo ha detto che gli dispiaceva, ma che stava già lavorando cinque giorni a settimana. Avrebbe potuto farcela, di norma, dal momento che i cinque giorni in realtà erano solo mezze giornate, ma Raimundo ha raccomandato me perché voleva aiutarmi, capisce, è stato subito dopo esserci incontrati nella lavanderia a gettoni, Raimundo e io, e Raimundo mi ha detto che aveva già abbastanza lavoro per le mani e che quel posto l'avrei dovuto prendere io. Be', l'ha fatto anche per gentilezza, perché all'epoca Raimundo era gentile, dico all'inizio. Così sono andato a lavorare per il senhor Ponte.

Lavorare per il senhor Ponte non era difficile. Avevo cominciato soltanto da poco a fare il domestico personale, lavorando temporaneamente da madame Isabelle per rimpiazzare Jésus Enrique che era andato a lavorare all'Alabama, quindi c'erano ancora delle cose da imparare. Ma mi piaceva. Penso sia un lavoro che puoi saper fare o no, come qualunque altra cosa, se sai come pulire e mettere a posto le cose ti viene abbastanza naturale, ciò che è importante è mostrare discrezione e non passare l'aspirapolvere in una stanza in cui qualcuno sta cercando di comporre una poesia, o sorprendere le persone a fare cose che preferirebbero fare da sole senza che nessuno le guardi, sebbene tuttora mi lasci perplesso vedere come le persone credano che tu sia invisibile, come se fossi sordo o cieco, il più delle volte, e cioè fanno le cose come le farebbero normalmente in privato anche quando sei nella loro stessa stanza. In realtà non è semplicemente una questione di dover essere discreto ma di accettare il fatto che ignoreranno la tua esistenza e comportarti di conseguenza, per esempio quando fanno lunghe telefonate nel salotto dopo averti visto, ma senza averti visto davvero, mentre stai spolverando la caminiera o pulendo lo specchio, telefonate che potrebbero rivelare informazioni di natura personale, come l'aver contratto una malattia venerea.

Il senhor Ponte appartiene a questa categoria perché è abituato ai domestici, al contrario di mister Penfold o del signor Agostini o di madame Gregory, che peraltro si comportano come se io esistessi. A dir la verità non mi interessa non esistere, non mi dà fastidio, se la persona per cui lavoro pensa che sia visibile o invisibile per me è la stessa identica cosa, purché non siano scortesi con me e non urlino e non si arrabbino come fa mademoiselle Agnès, non che io abbia mai lavorato per mademoiselle Agnès, io lavoravo per monsieur Charles, ma quando monsieur Charles ha iniziato ad avere rapporti con mademoiselle Agnès, mademoiselle Agnès mi trattava di fatto come se lavorassi per lei.

Comunque, il senhor Ponte è un uomo perbene, anche se è un po' sospetto con tutto quel denaro che mette nelle scatole da scarpe, non so se lavorerò mai più per lui e non riesco a fare a meno di preoccuparmi della polvere nel salotto e delle sue camicie e di domandarmi se qualcuno si prenda cura di lui come si deve, proprio come mi preoccupo per gli altri, non che possa fare molto al riguardo finché me ne sto qui, seduto in una cella vicino a un posto di cui non so con esattezza neppure il nome. È formale e beneducato e ovviamente diplomatico, dico il senhor Ponte, visto che è un diplomatico di professione. Un uomo istruito, è precisissimo in tutto, la sua giornata è sincronizzata come una sveglia che sembra non avere mai bisogno di una batteria nuova, non come quella che ho preso al *BHV* che non funziona neanche con la batteria originale, che è il motivo per cui una volta sono arrivato in ritardo. Il senhor Ponte non l'ha gradito, dico il fatto che fossi in ritardo; mi ha detto che dovevo essere nel suo appartamento esattamente mezzora prima che uscisse alle nove in punto per andare all'Ambassade, e io ho detto che mi dispiaceva e gli ho raccontato della sveglia, così lui è andato alla cassettiera dell'ingresso, ha tirato fuori una sveglia nuova di zecca dal primo cassetto e me l'ha data, dicendomi con un sorriso che adesso non avevo scuse. È così che è fatto il senhor Ponte.

Ci siamo scambiati a stento qualche parola, il senhor Ponte e io. Il senhor Ponte è taciturno per natura, mentre io a volte parlo un po' troppo, me lo dice Raimundo che a volte parlo troppo, ma d'altro canto è pur vero che Raimundo spiccica parola di rado, e allora qualcuno deve pur farlo, altrimenti staremmo per tutto il tempo in silenzio e nessuno saprebbe mai cosa pensa nessuno. Sì, non posso fare a meno di rispettare il senhor Ponte, anche se è un tipo sospetto e potrebbe c'entrare qualcosa con tutto quanto, e spero che quando tutti capiranno che io non ho ucciso monsieur Charles ma ho solo spostato in seguito il suo cadavere da un posto all'altro, cosa che so essere un reato ma non così grave, allora potrò finalmente lasciare questo posto pieno di rumori e chiavi e raggi di luce che a volte cadono ai miei piedi come una benedizione, e rifarmi una vita, senza dover lavorare per forza come domestico, mi basterebbe vivere in libertà da qualche parte.

6

A volte, quando mi sveglio, è come un incubo. Tutto questo è un incubo. Che ci faccio io qui? Voglio dire, io non dovrei essere qui. Per la maggior parte, le persone che ci stanno dovrebbero starci, si vede dal modo in cui mi guardano e dal modo in cui sembrano sentirsi a casa qui dentro, come se questa fosse davvero casa loro, come se ci fossero nate e ci moriranno e come se non fossero mai state in nessun altro posto che le abbia fatte finire qui, anche se a un certo punto della loro vita devono essersi trovate altrove per farsi arrestare, che abbiano rapinato una banca o fatto qualcosa di terribile, come uccidere davvero qualcuno, o anche più di una persona, come l'uomo che urla sempre che gli chiamino un medico. Sì, questo non è come un incubo, questo è un incubo, e l'unico momento in cui non è un incubo è quando sono addormentato e sogno. E persino un vero incubo, un incubo durante il sonno, è come starsene sulla spiaggia in compagnia di un amico a confronto di quello che mi aspetta ogni mattina quando apro gli occhi. Raggio di luce o non raggio di luce.

A volte, quando sono da mister Penfold, mister Penfold non ha una bella cera, gli tremano le mani e sembra che anche lui sia in un incubo che inizia quando si sveglia. Felipe!, si mette a urlare, mi sento malissimo, ho il doposbornia, spegni quell'accidente di aspirapolvere, dico a te, pazzo di un Felipe-ino! E poi scoppia a ridere, perché mister Penfold è divertente e non pensa davvero quello che dice quando lo dice, mi prende solo in giro e io rido assieme a lui perché è il suo modo di fare e perché capisco cosa sia un doposbornia. A mister Penfold piace bere, e un tempo anche a me, sì, perciò so di cosa sto parlando perché una volta bevevo troppo, di fatto non riuscivo a smettere più, che alla fine è esattamente la ragione per cui ho smesso. A Muricay mi trovavano sulle cunette di scolo dei marciapiedi. Sulle prime mi portavano a casa di mia madre, poi hanno lasciato perdere. Ecco come vanno le cose nella vita. La gente ha compassione e pazienza finché non si stufa, c'è un limite, proprio come c'è un limite alla bottiglia. Bevevo come se non ci fosse un domani, ma purtroppo il domani arrivava sempre, l'alba del nuovo giorno vista da un fondo di bottiglia. Mi andava bene qualsiasi cosa. Whisky, vodka, rum, birra. Che differenza fa? Vabbe', comunque ho smesso. E tuttavia, quando vedo gli altri che bevono so cosa vuol dire.

È strano, non mi pento di quei giorni, farsi ritrovare sulle cunette di Muricay sembra una bella vita rispetto a stare in questa stanza, non che la chiamerei così, stanza. In realtà non mi pento di niente, a parte di monsieur Charles, del bidone e tutto, perché non si può cambiare il proprio destino, io ho imparato questo, puoi provarci, puoi prendere quella che pensi sia la decisione giusta, ma che potrebbe portarti proprio su una strada peggiore di questa, non che ci sia molto peggio di questo posto, ci potrebbe essere un Dio, ma soltanto se si è giovani e le cose cattive bisogna ancora scoprirle, perché Dio è roba da bambini, sono gli unici a meritarselo, i bambini sono innocenti, i maschi più delle femminucce, sebbene Eva, la nipote maggiore di madame Gregory, sia carina, anche se lascia i giocattoli a terra senza mai raccattarli. Ma pure, perché mai i bambini dovrebbero raccattare le cose da terra, loro ci vivono per terra, no? Anche alcuni adulti vivono per terra. Lo feci anch'io, per un periodo. Ma poi mi sono tirato su, come uno dei giocattoli di Eva.

Sì, anche se mister Penfold a volte urla, lo fa sempre in un modo divertente, perché mister Penfold è divertente e ride spesso, anche dopo una sbornia. Dice che la risata è l'unica vera cura, ti restituisce vita e ossigeno nel sangue. È così che parla, mister Penfold. Mister Penfold è uno scrittore e un amico di madame Gregory. E madame Gregory è un'amica del senhor Ponte, gli ha raccolto del denaro per aiutare la gente in Brasile a fare lavori a maglia, almeno penso fossero a maglia. Comunque, dopo che stavo lavorando per il senhor Ponte da qualche mese, il senhor Ponte mi ha chiesto se fossi interessato a lavorare per madame Gregory, perché il domestico personale di madame Gregory non poteva più lavorare per lei, essendo andato in pensione. Così ho ringraziato il senhor Ponte e sono andato a trovare madame Gregory e madame Gregory mi ha assunto. E poi, qualche mese dopo, madame Gregory ha detto che conosceva qualcuno, un inglese di nome mister Penfold, che era uno scrittore e aveva bisogno anche lui di un domestico personale, non ne aveva mai avuto uno prima e, sebbene vivesse in un appartamento piccolo, questo aveva bisogno di qualcuno che glielo pulisse come d'altronde qualsiasi appartamento, piccolo o grande, ha bisogno di qualcuno che lo pulisca. È così che sono finito a lavorare per mister Penfold. Passaparola.

Dal momento che è uno scrittore, mister Penfold lavora a casa. Scrive libri. E qualche volta scrive poesie, ma dice che la poesia è molto difficile e non dovrebbe nemmeno cimentarsi, non dopo quello che hanno fatto Yeats e gli altri, persino le loro poesie che non sono grandi poesie ma poesie minori sono comunque meglio delle migliori poesie che lui riuscirà mai a scrivere, anche se vivesse cent'anni, cosa che dice che non farà comunque. Perciò, perlopiù, lui scrive libri. E quando non li scrive, li legge, ha un'infinità di libri nel suo appartamento, su scaffali che tappezzano ogni parete e persino nel gabinetto.

Mister Penfold è sempre molto gentile con me e mi presta libri da leggere dalla sua collezione. Tieni, Felipe, prova questo, mi dice dandomi un libro mentre sono in piedi nell'ingresso con il sacchetto di spazzatura della giornata. Così lo ringrazio, prendo con me il libro e lascio l'immondizia nel cortile. Non ci sono bidoni per la differenziata da mister Penfold, non la fanno dove vive lui, hanno solo uno di quei cassonetti grossi, metallici, che è circa tre volte un bidone normale, con un coperchio scorrevole e quattro ruote, non riesco a immaginare quanti cadaveri si potrebbero infilare in uno di quei grossi cassonetti a quattro ruote, non che io voglia ripetere l'esperienza con altri cadaveri e cassonetti, per quel che vale quando uscirò di qui farò qualcosa di davvero diverso, ancora non so cosa, non che non voglia più mettermi a pulire, ma dopo tutto quello che ho passato e visti gli effetti che ha avuto il passaparola nella mia vita, penso che per me sia giunta l'ora di provare a fare qualcosa che non includa anima viva.

7

Quindi, stavo lavorando per il senhor Ponte ma non guadagnavo abbastanza stando solo a servizio da lui, e sono stato molto contento quando madame Gregory mi ha assunto come suo domestico personale. Lei mi ha chiesto di raccontarle tutto esattamente come è successo ed è quello che sto cercando di fare, avvocato, nel giusto ordine, ma a volte è difficile ricordare tutto con precisione, soprattutto se vai troppo indietro nel tempo. Per me è molto più facile ricordare il bidone e tutto il resto. Le ho raccontato cosa è successo quel giorno ma non con tutti i dettagli e ci ritornerò quando arriverà il momento. Ho la sensazione che sia più probabile che io riesca a mettere i fatti nell'ordine esatto stando qui da solo con il registratore, soprattutto perché non c'è molto altro da fare o a cui pensare, specialmente quando non c'è la luce del sole e mi sento così solo e sperduto. Mi sento più solo che mai ascoltandomi parlare così, ad alta voce, dopotutto cosa ci può essere di più solo di qualcuno che parla a se stesso in una stanza chiusa a doppia mandata dall'esterno?

Madame Gregory è una signora anziana, davvero anziana, molto più anziana del suo domestico che è andato in pensione per anzianità, tanto per darle un'idea. Credo che sia una delle signore più anziane e *distinguée* di Parigi, che è la parola che ha usato il senhor Ponte, *distinguée*, distinte, e ha un grande appartamento sull'Île Saint-Louis che si affaccia sul fiume, pieno di quadri e oggetti di valore e mobili di secoli fa. Il senhor Ponte deve avermi raccomandato molto e dev'essere stato contento di me, e si vede che madame Gregory lo trovava degno di fiducia per avermi preso con sé ed essersi a sua volta fidata di me, ma suppongo che abbia giocato a mio favore il fatto d'essere abbastanza giovane, così non c'è il rischio che vada in pensione mentre lei è ancora viva, se anche campasse altri quarant'anni, cosa che non mi sorprenderebbe, visto quanto è arzilla. Le signore anziane non sono mica anziane per caso, ma per la loro forza di volontà. Tutte le donne hanno forza di volontà, ma alcune più di altre.

Mi piaceva lavorare per madame Gregory, sebbene sulle prime fossi un po' nervoso, sia al pensiero di tutti gli oggetti preziosi nell'appartamento che a causa sua. Il primo giorno mi ha fatto visitare tutte le stanze, indicandomi i vasi, le sculture e gli oggetti che mi spiegava essere di gran valore e che andavano trattati con cautela, e di ogni cosa mi diceva il nome, il vaso Ming, la ceramica di Limoges o il narghilè in ebano, e mi ha mostrato anche i quadri alle pareti, raccontandomi chi li aveva dipinti, se Picasso o de Andrade. Sa, ho imparato un sacco di cose da madame Gregory, tutto quanto so adesso, ma un tempo ne sapevo proprio poco di arte e oggetti di valore. Madame Gregory agli inizi era un tantino sulle sue con me, ma era una persona premurosa e io mi sentivo a mio agio in sua presenza, mi sono ritrovato ad attendere con ansia di tornare nel suo appartamento. A volte entrava in una stanza mentre io pulivo e cominciava a parlarmi, descrivendomi alcuni degli oggetti più strani che aveva collezionato, come se fossero amici suoi e lei volesse presentarmeli, penso soprattutto che fosse bisognosa di compagnia, per se stessa e per il suo passato, il suo passato erano le cose che la circondavano e che io tenevo in ordine per lei ma la mia compagnia era anonima, a dimostrazione che, mentre certe persone mi vedono come un essere puramente invisibile, altre si sentono meno sole in mia presenza, anche se sanno a malapena chi sono e cosa penso. A volte le loro confidenze mi stupiscono, eppure tra noi esiste lo stesso muro che esiste tra me e gli altri, perché se quelli come madame Gregory decidono di riconoscermi come persona, piuttosto che come semplice domestico personale, continuano comunque a non aspettarsi che io li capisca per forza, come se stessero parlando da soli ma ad alta voce con me, come faccio io adesso, ma nel registratore. Il legame, se così si può chiamare una cosa del genere, inizia e finisce in quello spazio di tempo determinato dall'apertura e dalla chiusura della porta d'ingresso, come premere il pulsante dell'avvio e poi quello dello stop. A parte quello, io non esisto affatto, non esisto per nessuno a parte me stesso. Siamo tutti soli. Niente e nessuno può alterare questa semplice verità. Basta camminare per una strada affollata e lo capisci subito.

Quanto sembrano distanti da qui madame Gregory e il suo mondo mentre siedo a questo orribile tavolo graffiato e segnato dai miei predecessori con oscenità, rabbia e desiderio! Prendo la piccola conchiglia che mi sono nascosto in bocca quando sono entrato in prigione e me la porto all'orecchio per catturare il suono di un mare lontano, il fragore delle onde sulla sabbia bianca, vedo l'oscillare delle fronde delle palme nella brezza della sera, il primo cenno di una luna incredibilmente bassa nel cielo e, in quell'istante, divento invisibile anche per me stesso, scompaio, lontano da questo posto. E tuttavia, con l'occhio della mente, riesco ancora a vedere una minuscola finestra munita di sbarre, oltre la quale quell'estraneo che sono io rimane intrappolato, senza niente da pensare, niente da fare, niente da pulire.

8

A quel punto lavoravo per tre persone: due mattine, il lunedì e il giovedì, per il senhor Ponte; altre due mattine, il martedì e il sabato, per madame Gregory; e una mattina, il venerdì, per mister Penfold.

Mister Penfold aveva bisogno di una mattina sola, per via delle dimensioni dell'appartamento, non più grande di quaranta metri quadri. Se aggiunge a questo il fatto che non voleva che niente fosse spostato, non c'era mai molto da fare, a parte aspirare la polvere, cosa che dovevo fare molto in fretta, pulire la cucina e il bagno con il gabinetto e stirare una o due camicie. Non c'era mai molto da stirare perché mister Penfold non aveva tanti vestiti, o meglio, tendeva a indossare gli stessi a ripetizione. Era sempre categorico sul fatto che non dovessi toccare niente, come pagine di appunti o libri aperti o ritagli di giornale, alcuni dei quali potevano anche trovarsi sul pavimento. Se possibile, ero più nervoso per le sue cose di quanto lo fossi per quelle di madame Gregory. Di fatto, le primissime parole che mi ha rivolto sono state per dirmi che non dovevo toccare niente.

Ma devo pulire, mister Penfold.
Lo so. Ma cerca soltanto di pulire senza toccare.

Mister Penfold odiava essere disturbato. Quando entravo nell'appartamento, lui era o a letto o nello studio, una stanzetta minuscola in fondo al corridoio. Non andavo mai nello studio, sarebbe stato impossibile pulirlo, ma mi occupavo del resto dell'appartamento al meglio delle mie capacità. Nonostante l'ansia di non dover toccare niente mi è sempre piaciuto stare con mister Penfold, perché mi faceva ridere e perché mi prestava sempre un libro dopo che avevo finito di lavorare, cosa che ritenevo un segno di stima e di riguardo. Leggevo ogni libro in fretta e lo restituivo il prima possibile così da poterne avere un altro. Ho letto un'infinità di storie in questo modo.

Mi sorprendi, Felipe-ino, mi ha detto una volta quando gli ho restituito un romanzo di Giovanni Papini.

Davvero, mister Penfold?

Be', come hai imparato a...?

Leggere, mister Penfold? Tutti sanno leggere. Be', quasi tutti. È una cosa comune. Non vale solo per la gente ricca con le automobili.

No, non volevo dire questo. Ma a volte non trovi difficile l'inglese? Voglio dire, non è la tua lingua madre.

Quando ero piccolo, tio Juan mi ha dato dei libri e mi ha insegnato l'inglese. Non l'ho mai parlato bene, ma riuscivo a capirlo.

Questo era il genere di conversazione che avevamo di solito, io e mister Penfold, quando avevo finito di provare a pulire tutto senza toccare. Allora rimanevo lì in piedi, accettavo il libro da mister Penfold, portavo la spazzatura giù per le scale, gettavo il sacchetto nel cassonetto a quattro ruote del cortile e poi prendevo la metro fino a casa dove vivevamo io e Raimundo, nel quinto *arrondisse-ment*, in rue Sebastien.

Sei buffo, Felipe, diceva Raimundo. Stai sempre a parlare o a leggere. Sembra che tu non faccia mai altro.
E pulire. Pulisco anche. Sono tre cose.

Raimundo era geloso di mister Penfold perché mister Penfold mi dava delle cose da leggere e lui non riceveva mai niente dalle persone per cui lavorava. Era diventato piuttosto sarcastico e cinico, cosa che, almeno all'inizio, non gli calzava, quasi recitasse una parte, ma che, con il passar del tempo, gli veniva alquanto naturale. Sulle prime era stato molto gentile, raccomandandomi al senhor Ponte, ma poi era cambiato, era risentito che io avessi trovato lavoro presso delle persone interessanti, generose e colte, come madame Gregory e mister Penfold. Forse pensava che stessi oltrepassando i limiti in qualche modo, che mi stessi rendendo ridicolo. Raimundo viene dalla favela, da São Paulo, non parla inglese, solo un po' di francese, abbastanza per pulire, sa, come *eau de javel* o *repasser*, non parla neanche lo spagnolo, solo il portoghese, che io capisco. Anche lui capisce il mio spagnolo, o quantomeno il mio spagnolo creolo, ma non credo che abbia mai davvero capito me come persona. In realtà credo che quando sono finito con il cadavere di monsieur Charles in un bidone della spazzatura, Raimundo deve aver pensato che avessi avuto quello che meritavo. Mi raccontava che c'è un proverbio che dice che quel che fai ti torna indietro, che è la ragione per cui me l'ero meritato. Be', ora si è dileguato, proprio come tutti gli altri. Raimundo stava sempre lì a dire

cose strane. Lui stesso era stranissimo. Mi diceva che
voleva essere qualcuno. Ma tutti siamo qualcuno, non è
vero?

9

Tutti siamo qualcuno? O tutti sono qualcuno? Ieri notte
ho perso il sonno a pensarci e sono ancora al punto di par-
tenza. Non che dorma poi molto in questo posto. Una settimana qui dentro è come due settimane, calcolando le notti; notti in cui ripercorro con gli occhi le pareti dell'oscuri-
tà, la mente che mi sfinisce con le sue domande. Be', non
ho mai detto che il mio inglese sia perfetto, avvocato. È
solo una stupida frase, quindi perché preoccuparsene? Ti-
pico di Raimundo. Ovvio che tutti siamo qualcuno, se non
lo fossimo non saremmo qui, giusto?

Ora ho scordato a che punto ero, come mi succede sempre quando penso a Raimundo. Ero felice, era questo il
punto, perché lavoravo per persone gentili. Avevo il senhor Ponte, che mi apriva la porta, mi diceva buongiorno e
poi andava all'Ambassade. Avevo madame Gregory, che
mi trattava in modo decoroso e mi insegnava cose riguardo all'arte, a Picasso, a Balenciaga e agli esordi delle tenniste professioniste. E avevo mister Penfold, che mi dava libri e si trovava d'accordo con me quando dicevo che Lau-
rence Sterne era un bravo scrittore ma che Gogol era il migliore, anche se l'avevo potuto leggere solo in traduzione.
Facevo le pulizie e nel frattempo imparavo qualcosa, anche se ciò infastidiva Raimundo, né mi sembrava di parlare più del solito, il che non significa molto se si considera
quanto ero solito parlare.

E poi sono andato a lavorare da monsieur Charles. Sì, è così, ho iniziato a lavorare per monsieur Charles poco prima di andare a lavorare per il signor Agostini, perché ricordo di aver detto al signor Agostini che adesso stavo lavorando per quattro persone quindi lui si sarebbe dovuto adattare alla mia tabella settimanale, che stava diventando piuttosto densa. A conti fatti, d'accordo con mister Penfold, mi sono messo a lavorare per monsieur Charles il venerdì mattina, ovvero poco prima di andare da mister Penfold, perché quest'ultimo ha detto che invece della mattina voleva che andassi da lui nel pomeriggio, preferiva così, ha detto, perché spesso la mattina dormiva fino a tardi e non gli piaceva essere disturbato con l'aspirapolvere e tutto il resto. Per quanto riguarda il signor Agostini, ha concordato che potevo lavorare da lui il lunedì e il giovedì pomeriggio, e tutti sembravano soddisfatti. Avevo madame Gregory il sabato mattina e il martedì mattina, ma poi avevo il mercoledì libero e la domenica libera per fare quello che volevo, e cioè leggere e andare a passeggiare con Raimundo, oppure da solo. Se il passaparola fosse continuato e avessi trovato qualcun altro per cui lavorare, allora avrei comunque avuto il mercoledì se volevo e se andava bene a quella persona. È così che funziona con i domestici personali, la cosa migliore è trovare un pezzo di carta e annotare tutto in modo che non te lo dimentichi e poi appiccicarlo da qualche parte, tipo sullo sportello del frigorifero.

È stato mister Penfold a raccomandarmi al signor Agostini, capisce? Loro sono amici. Infatti, c'è una fotografia di mister Penfold scattata dal signor Agostini appesa sulla parete del loft del signor Agostini a Belleville, tra le ragazze nude che sorridono. È la stessa fotografia che c'è sulla sovraccoperta di uno dei libri che mister Penfold mi ha prestato una volta da leggere, che è la storia di due persone che trascorrono la maggior parte del tempo separate ma si amano e nell'ultima pagina si ritrovano nel *Jardin du Luxembourg* vicino alla statua di Delacroix. Sa, si erano conosciuti a un matrimonio nella chiesa di Saint-Sulpice, e si erano scambiati un bacio furtivo sotto gli affreschi di Delacroix, perciò Delacroix c'entrava parecchio con la loro storia d'amore. Ovunque andassero e qualunque cosa facessero sembrava che Delacroix li stesse tenendo d'occhio. Penso che mister Penfold al momento sia nel suo periodo Delacroix, almeno, questo è quel che mi ha detto.

Ma lei ha bisogno di sapere di monsieur Charles, non di Delacroix. Ebbene, monsieur Charles mi è stato raccomandato da madame Gregory. A quell'epoca non sapevo più con sicurezza chi stesse raccomandando chi, perché credo d'essere diventato una specie di domestico personale professionista e quindi è altrettanto logico dire che madame Gregory ha raccomandato me a monsieur Charles quanto lo è dire che madame Gregory ha raccomandato lui a me. In ogni caso, sono andato a parlare con monsieur Charles e ho iniziato subito a lavorare per lui, perché il suo domestico l'aveva lasciato di punto in bianco, credo per sposarsi e andare vivere da qualche altra parte, tipo in America.

Non sono sicurissimo di quale legame ci sia, o ci fosse, tra madame Gregory e monsieur Charles. Madame Gregory diceva che era una conoscenza, ma d'altra parte madame Gregory sembrava conoscere tutta Parigi. Madame

Gregory con me parlava in inglese e questo è il termine che ha usato, una conoscenza. In quanto semplici conoscenti, i due non sembravano frequentarsi molto. Madame Gregory mi chiedeva sempre come andava il lavoro da monsieur Charles, ma molto raramente me lo chiedeva riguardo agli altri, tranne una volta per dire che pensava che mister Penfold fosse un bravo scrittore ma troppo *british* e che gli inglesi non si riprendono più dalla loro infanzia, che ho sempre pensato fosse una cosa strana da dire, non che io ne sappia molto degli inglesi.

Monsieur Charles è stato molto cortese con me quando l'ho incontrato quel primo giorno. Questo è successo un po' prima che lui conoscesse mademoiselle Agnès al cocktail party del senhor Ponte, cioè prima che iniziassero ad avere una relazione. Non mi ci è voluto molto per scoprire che avevano una relazione, ovviamente per via del letto, capisce?, le lenzuola, un domestico personale non lo chiamano "personale" per niente, voglio dire, ci può essere qualcosa di più personale che cambiare le lenzuola di qualcuno? Ma, come ho detto, questo è successo in seguito.

Quindi, monsieur Charles mi ha stretto la mano e ha detto che era contento di conoscermi, e che come raccomandazione gli bastava che lavorassi per madame Gregory. Mi ha detto che usciva per andare in ufficio alle nove in punto e i miei compiti consistevano nel togliere di mezzo dal salotto gli oggetti sporchi, come i bicchieri, i portacenere e così via, e pulirli, lui a casa non cenava mai ma ha detto che qualche volta invitava gente a bere qualcosa. Poi dovevo aspirare i tappeti, spolverare ove servisse, pulire il bagno e il gabinetto, cambiare le lenzuola del letto, pulire la cucina e i pavimenti e, una volta finito tutto, stirare qualunque cosa fosse stata lasciata per quello sull'asse da stiro. Mi avrebbe fatto entrare lui alle otto e quarantacinque e io dovevo uscire da solo alle dodici e quarantacinque e, una volta al pianterreno, dovevo citofonare a monsieur Lemoine, il portinaio, così che lui potesse andar su a chiudere a doppia mandata la porta d'ingresso con la sua chiave, che era l'unica di scorta. Guardi, avvocato, è stato solo nell'ultima settimana che ho avuto la chiave, è stata mademoiselle Agnès a suggerirlo, ha detto che sarebbe stato più semplice per tutti, monsieur Charles non c'era ma lei ha detto che ne avevano parlato loro due e lui era d'accordo. Prima di allora mi toccava andare dal portinaio per far chiudere la porta a doppia mandata, come ho detto.

Che altro? Be', c'era la spazzatura, che dovevo buttare nel bidone, ovviamente, giù in cortile. Ricordo con molta chiarezza quel che mi disse monsieur Charles quel primo giorno.

Per qualche motivo, Felipe, c'è solo un cassonetto e a volte straripa di rifiuti, quindi assicurati di aver chiuso bene il sacco dell'immondizia prima di lasciarlo accanto al bidone o, meglio ancora, portalo via con te e buttalo da qualche altra parte, perché sennò in cortile si crea un disordine tremendo.

Da qualche altra parte dove, monsieur Charles?

Dove vuoi tu. Per quanto mi riguarda, puoi gettarlo nel fiume.

Monsieur Charles era un avvocato di qualche tipo. So che ne esistono tipi diversi per problemi diversi, non solo gli avvocati che sono dalla tua parte e gli avvocati che non sono dalla tua parte, sono cose che conoscevo già, ma adesso so molte più cose, adesso che sono qui, ancora per non so quanto in questo luogo indefinibile, fino alla vigilia del processo. Ci sono avvocati che si occupano di criminali e di sospetti criminali, e poi ci sono avvocati di altro genere che si occupano di altre cose. Lei, avvocato, saprà tutto in proposito, essendo lei stesso un avvocato, intendo, e sono davvero contento che lei stia dalla mia parte, a dire il vero gliene sono proprio grato, dato che ho pochissimo denaro eccetera, perché chiunque non ha niente dovrebbe essere grato per qualcosa.

Non potrei immaginare lei, per esempio, avvocato, mettersi a rappresentare sia me, che si dice che abbia ucciso qualcuno pur non avendolo fatto, sia madame Gregory per aver dato un ceffone al gendarme quel giorno, perché, per quanto sia stato un gesto grave, di certo non era un omicidio, giusto? E tutto per colpa delle multe per divieto di sosta, be', di una multa in particolare, perché di multe da pagare ce ne sarebbero centinaia, se non migliaia, e sebbene in teoria dopo le elezioni gliele potrebbero condonare, non è detto che alle autorità piaccia che qualcuno, persino una come madame Gregory, stracci la multa per divieto di sosta, la butti in faccia al gendarme e poi gli dia un ceffone, che è quanto ha fatto lei una volta che ero in sua compagnia, anzi in realtà è quello che fa tutte le volte, strappare la multa, dico, non schiaffeggiare i gendarmi, quando parcheggia la sua Twingo fuori dal *Bon Marché* o da *Hermès* o da *Fauchon* o in qualsiasi posto le vada di andare quel giorno. Lo so per via di quella volta in cui siamo andati dal corniciaio a prendere il nuovo quadro che si era fatta incorniciare e io l'ho preceduta per sistemarlo in auto, cosa che alla fine non ho più dovuto fare. Madame Gregory ha passato un sacco di tempo a litigare con il commesso perché non le piaceva il modo in cui era stato fatto il lavoro, qualcosa tipo che il passe-partout era del colore sbagliato, perciò abbiamo lasciato lì il quadro perché glielo rifacessero senza ulteriori spese, anche se l'uomo ha detto che il passe-partout era quello che aveva scelto lei.

Quando siamo tornati in strada, c'era un gendarme che faceva una multa, che poi ha dato a madame Gregory, e be', madame Gregory si è limitata a stracciare il foglio e buttarlo in faccia al gendarme, come sempre. Ma lo sa chi sono io?, gli ha detto, e allora il gendarme ha chiesto a madame Gregory se lei sapeva chi fosse lui e madame Gregory ha detto che se lui non sapeva chi era avrebbe dovuto andare da uno psichiatra ma, per quanto la riguardava, era un imbecille fatto e finito in una divisa di tre taglie più grande.

Il gendarme non è stato contento di sentirsi definire un imbecille fatto e finito e ha trascorso una rilevante quantità di tempo a compilare i dettagli della contravvenzione, in realtà era piuttosto arrabbiato e ha detto a madame Gregory che l'avrebbe arrestata, ed è stato allora che madame Gregory gli ha dato un grosso ceffone sulla faccia ed è tornata in auto. Io ero già in macchina a osservare quel che succedeva, il gendarme sembrava in stato di shock, tanto che madame Gregory ha avuto abbastanza tempo per partire. Una settimana più tardi, madame Gregory ha ricevuto una lettera che diceva che era nei guai, che avrebbe avuto bisogno di un avvocato, capisce, perché il gendarme aveva rintracciato la targa.

Probabilmente lei si starà chiedendo, avvocato, cosa ha a che fare questo con tutto il resto, ma capisce, è quello che mi ha detto madame Gregory dopo aver ricevuto la lettera, a fare il punto su tutto. Lei ha detto, Felipe, non dovrei preoccuparmi, il sistema giudiziario in Francia è talmente lento che probabilmente sarò morta e sepolta prima che il mio caso sia dibattuto. E non riesco a togliermelo dalla testa, riesco a sentire la voce di madame Gregory ora mentre parlo, la sento di continuo, perché se una persona importante come madame Gregory deve aspettare anni perché il suo caso sia dibattuto, che fine farà uno come me, Felipe, accusato di omicidio? Il fatto è che in questo posto non posso fare nient'altro che aspettare, aspettare di sapere se sono innocente o no, e non ho idea di quante notti d'attesa mi si spieghino davanti, quanti giorni di chiavi e rumore e tristezza. E la parte tremenda è che, anche se alla fine verrà dimostrato che sono innocente, non potrò più stare in Francia perché sono un clandestino, mia madre soffrirà terribilmente se non avrà il denaro che di solito le mando ogni mese, magari sta già soffrendo. Non arriverei certo a sposarmi per ottenere i documenti, non conosco nessuna che sarebbe disposta a sposarmi, soprattutto perché ho sempre pensato a me stesso in primo luogo come a una ragazza ed è improbabile che una francese che non ho mai conosciuto stipuli un accordo del genere, per ovvi motivi, voglio dire, cosa potrebbe far desiderare a una francese di sposare un ispano-filippino ex domestico personale che pensa di essere una ragazza, voglio dire, solo per i documenti, a meno che non sia per denaro, che io comunque non ho?

11

Sì, monsieur Charles era decisamente un avvocato di qualche tipo. Una volta ho visto una busta, non che stessi cercando di spiarlo, con sopra il suo nome, Charles Dupont, e sotto procuratore generale, che mi è suonato come qualcosa di ufficiale. Inoltre, una volta mi ha detto che stava facendo tardi per il tribunale, e proprio non riuscirei mai a immaginare monsieur Charles nei guai con le autorità, perciò posso solo ipotizzare che stare in tribunale fosse parte del suo lavoro.

No, monsieur Charles era un uomo distinto e di una certa statura, avrei potuto dirlo già dalla prima volta che l'ho guardato negli occhi. Incuteva persino un po' di timore e di certo non mi sarei messo a dirgli di svuotare i fondi di caffè dalla caffettiera nel gabinetto invece che nel lavandino della cucina perché lo ostruivano, il lavandino, intendo dire, anche se non c'è niente di più irritante che vedere un ottimo lavandino intasato a quel modo solo perché una persona non riesce a trovare il tempo di percorrere pochi metri nel corridoio e fare tutto per bene. So che alcune persone non lo fanno per principio, forse trovano strano svuotare i fondi di caffè nella tazza del gabinetto, ma ci sono cose più strane, come il signor Agostini, che ha strane abitudini che gli vengono spontanee, non che io abbia mai avuto niente contro il signor Agostini, in nessuna forma o maniera, ma, per esempio, spegnere le sigarette schiacciandole sulla base del paralume non è meno strano che svuotare la caffettiera nel gabinetto o qualunque altra cosa, se è per questo.

Il signor Agostini e mister Penfold sono due tipi di persone completamente diversi da come era monsieur Charles, e se chiedessi a uno di loro di svuotare qualcosa in qualcos'altro per evitare che un'altra cosa si intasi, sono sicuro che lo farebbero, non che loro possiedano delle caffettiere come quella di monsieur Charles, loro hanno le macchine da caffè, perciò devi solo buttare il filtro usato nel sacchetto dei rifiuti. Il signor Agostini e mister Penfold mi trattavano come se fossi una persona, capisce?, e così anche madame Gregory, a modo suo, mentre per monsieur Charles ero invisibile, come essere sordomuto, il che non significa che non mi piaceva, è solo che con me era formale, come il senhor Ponte, ma ancora di più.

Quando lavori per cinque persone diverse come domestico personale può capitarti di scordare chi sia chi, o meglio, potresti scordare che sei da una persona che pensa che sei invisibile e così potresti dire qualcosa di inappropriato, è uno sbaglio facilissimo da fare, ma a loro non piace, intendo dire alle persone formali, come quando una mattina ho cercato di attaccare bottone con monsieur Charles e lui è sembrato prendersela a male; il problema era che avevo appena scambiato i venerdì mattina di mister Penfold e monsieur Charles ed ero un po' stanco e contrariato perché Raimundo la sera prima si era ingelosito, aveva finito per arrabbiarsi e aveva sbattuto la porta dell'appartamento in cui vivevamo, uscendo nella notte, il che, ovviamente, è quanto ha fatto anche la notte prima che scoprissi monsieur Charles disteso sul tappeto, morto.

Poiché era stato mister Penfold a raccomandarmi al signor Agostini, sapevo che il signor Agostini sarebbe stato un tipo tranquillo per cui lavorare, e infatti era così. A parte il problema delle dimensioni del suo loft in stile New York, che per me voleva dire un sacco di lavoro con il pavimento e tutto, almeno sapevo di potermi rilassare in sua compagnia quando lui era in casa, anche se non capitava molto spesso. Era come mister Penfold, nel senso che si poteva ridere in sua compagnia, perché il signor Agostini spesso diceva o faceva cose divertenti. E non era soltanto per il fatto che fosse ricco che si era mostrato più che felice di aumentarmi la paga da trentacinque franchi a quaranta franchi all'ora, in linea con la congiuntura economica generale, lui era sempre gentile con me e, mentre mister Penfold mi prestava un libro ogni volta che mi vedeva, che poi ovviamente, ma non tutte le volte, rivoleva sulla sua mensola dopo che l'avevo letto, il signor Agostini mi regalava ogni genere di cose, come un televisore che non gli serviva più perché ne aveva acquistato uno nuovo o, ogni tanto, dei vestiti, come la camicia di seta stampata a fiori. Questa cosa faceva infuriare Raimundo ancor più di vedere che mister Penfold mi dava da leggere i suoi libri, così che il giovedì sera diventava sempre la sera in cui Raimundo alzava la voce con me, essendo di giovedì la sera a cavallo tra il giovedì pomeriggio in cui lavoravo per il signor Agostini e il venerdì pomeriggio in cui lavoravo per mister Penfold. Non gli sembrava importare che il signor Agostini ci fosse o meno, o che io portassi a casa qualcosa o meno, Raimundo era sempre arrabbiato, era geloso, perlopiù, anche quando gli ho spiegato che al signor Agostini piacevano le ragazze, il che non è stato di grande aiuto visto che Raimundo pensa che io sia una ragazza tanto quanto lo penso io, perciò dichiararlo non è stata poi questa grande idea. Comunque la natura umana è troppo complicata da spiegare, quindi è meglio non provarci neanche, puoi pensare e leggere in proposito, puoi credere di sapere questo o quello di una persona, ma non arriverai mai a capire qualcuno, per quanto tu riesca ad avvicinarlo, Shakespeare aveva ragione.

12

Non so se il signor Agostini abbia mai conosciuto monsieur Charles, ho detto che madame Gregory lo conosceva, intendo dire monsieur Charles, altrimenti io non gli sarei stato raccomandato, e so che pure il senhor Ponte conosceva monsieur Charles, anche se si erano incontrati solo una volta, cioè quando il senhor Ponte ha dato un cocktail party nel suo appartamento e mi ha chiesto di aiutarlo come cameriere. So pure che mister Penfold ha conosciuto sia monsieur Charles che il senhor Ponte, perché madame Gregory l'ha invitato al party in veste di suo accompagnatore, ma se il signor Agostini conoscesse o meno monsieur Charles, come ho detto, non lo so.

Sì, ci sono cose che so e cose che non so, ma sono sicuro delle cose che so, il che è meglio che pensare di sapere delle cose che in realtà non so. Sono assolutamente sincero quando dico che non so se il signor Agostini conoscesse monsieur Charles, ma, al contempo, non posso dire che

non lo conoscesse di sicuro, visto che gli altri lo conoscevano. Ma, ovviamente, il fatto di sapere che una persona
ne ha incontrata un'altra in un momento oppure in un altro non racconta certo tutta la storia, e nemmeno una parte, dimostra solo che si sono conosciute e, anche se si fossero incontrate molte volte, ciò che importa è cosa hanno
fatto insieme.

Ovvio, se io non ho ucciso monsieur Charles, cosa che
non ho fatto, allora deve averlo ucciso qualcun altro. Devono esserci degli indizi da qualche parte e io ero in una
posizione buona quanto chiunque altro per vederli, anche
di più, probabilmente, che è quello che mi ha spiegato lei,
non è vero, avvocato? Questa è la ragione per cui sto cercando di raccontarle tutto esattamente come è successo.
So benissimo che questa testimonianza che sto rendendo
non è semplicemente un mezzo per dimostrare la mia innocenza, anche se, per quanto mi riguarda, sarebbe già
più che sufficiente, ma anche per aiutare a scoprire chi ha
ucciso davvero monsieur Charles, un'eventualità che sarebbe utilissima per lei e per le autorità, ma ancor più utile per me, perché, a ben pensarci, l'unico modo in cui riu-
scirò a dimostrare la mia innocenza, ovviamente con il suo
aiuto, è aiutandola a incriminare la persona giusta, perché
io sono la persona sbagliata per quanto possa sembrare a
tutti quella giusta, per via della discussione con monsieur
Charles che i vicini hanno sentito, e perché avevo la chiave
dell'appartamento, il che significava che potevo andare e
venire a mio piacimento, e con Raimundo fuori casa tutta
la notte e perciò impossibilitato a dire dov'ero all'ora del-
l'omicidio e per tutte le altre cose, incluso lo sturalavandini gigante. Questo è quello che ho pensato al risveglio dai

miei sogni, con la pioggia che fuori dalla mia finestra con le sbarre batteva come una marcia militare. E, adesso che ci penso, ecco un'altra cosa che non riesco a togliermi dalla testa, chi è stato, cioè, a uccidere monsieur Charles, se io non l'ho fatto, come appunto non ho fatto.

Ovviamente, per me è abbastanza facile ricordare con precisione cosa è successo quel venerdì mattina quando sono entrato nell'appartamento di monsieur Charles, alle otto e quarantacinque come sempre, dopo aver trascorso la notte da solo a chiedermi dove fosse andato Raimundo dopo che mi aveva urlato contro ed era corso fuori dall'appartamento, sbattendosi la porta alle spalle e dicendo che ero una puttana e infedele e che comunque non ero una vera ragazza. Non mi sentivo per niente bene ed ero stanco perché non avevo dormito a sufficienza, anzi non avevo proprio dormito, e mi ha dato fastidio, quando sono entrato in cucina, che è dove andavo sempre per prima cosa, trovare la caffettiera vuota ma sporca sul bancone, perché sapevo che, quando fosse arrivato il momento di pulire il lavandino, avrei dovuto usare lo sturalavandini gigante per sturarlo, o addirittura svitare il raccordo a U di sotto per togliere i fondi di caffè, sebbene a volte non avessi bisogno di fare nessuna delle due cose, bastava l'acqua del rubinetto, ma se anche fosse bastata l'acqua a far scorrere i fondi di caffè giù dal tubo di scarico, in seguito questo avrebbe causato un problema anche più grave, intasando ancora di più il lavandino al mio ritorno la settimana dopo, non nel raccordo a U ma da qualche parte più sotto nel sistema idraulico, in qualche altro tubo fuori dalla mia portata. Ebbene, sono andato al lavandino e, come avevo temuto, ho visto immediatamente che era ostruito, pieno di acqua sporca e fondi di caffè, quindi a quel punto era solo roba di "su, prendi lo sturalavandini gigante e comincia a sturare, Felipe", ma essendo stanco per la litigata della sera prima sulla camicia a fiori che mi aveva regalato il signor Agostini e che avevo deciso di indossare per vendicarmi di Raimundo più tardi visto che sapevo che ne era invidioso, la mano mi è scivolata e ho perso il controllo dello sturalavandini, così l'acqua sporca di fondi di caffè è schizzata contro la parete e sulla mia faccia e un po' anche sulla mia camicia, il che com'è logico mi ha scombussolato ancora di più.

Potrei dire che le cose avevano deciso di prendere una brutta piega, quella mattina, ma non avrei mai potuto immaginare fino a che punto; cioè, se già da allora avessi saputo che avrei passato il resto della giornata a trascinare monsieur Charles per mezza Parigi in un bidone della spazzatura, non penso che mi sarei agitato neanche un filino per un po' di fondi di caffè sulla camicia a fiori, e nemmeno per aver avuto un'altra lite da giovedì sera con Raimundo, ma non è così che va la vita, non puoi mica sapere cosa ti riserva il futuro e agire a ritroso, voglio dire che se potessi farlo probabilmente vinceresti la lotteria, giusto?

Eccomi lì, quindi, a sturare il lavandino con lo sturalavandini gigante, quando mi sento afferrare da una stranissima sensazione, come una mano gelida addosso, così smetto di fare quello che sto facendo, esco dalla cucina e percorro l'ingresso. Non so cosa mi abbia spinto a farlo ma è esattamente ciò che ho fatto, è come se avessi saputo che era successo qualcosa di terribile. Ho aperto la porta del salotto, sono entrato ed eccolo lì, monsieur Charles, sul pavimento, che fissava il soffitto. Mentre stavo lì avevo ancora in mano lo sturalavandini gigante, perché volevo pulirlo e rimetterlo nella credenza sotto il lavandino quando avevo avvertito la strana sensazione della mano gelida. Be', potrà immaginarselo, sono rimasto paralizzato, lì su due piedi, e con monsieur Charles ai miei piedi, semplicemente disteso lì, ho sentito lo sturalavandini scivolarmi di mano e cadere sul tappeto e ho guardato impotente i resti di fondi di caffè macchiare il tappeto e il colletto della camicia di monsieur Charles. Ho guardato fuori dalla finestra, domandandomi cosa potesse essere accaduto, perché sapevo che monsieur Charles era morto, morto che più morto non si può, e soprattutto sapevo di essere nei guai, in grossi, grossi guai.

13

Guardi, avvocato, ho capito praticamente subito che monsieur Charles era stato assassinato. Lo dicevano il suo aspetto e la maniera in cui giaceva lì disteso. E quando mi sono chinato a guardarlo più da vicino, ho visto, dietro l'orecchio sinistro e che si allungava giù fino al collo, un livido orrendissimo, che non poteva essersi fatto semplicemente cadendo in qualche modo. Mi sono guardato intorno per la stanza ma non sembrava che ci fosse niente di insolito. Non c'erano bicchieri di vino, come ce n'erano molto spesso, né cicche di sigarette nel portacenere, niente che indicasse che monsieur Charles aveva ricevuto ospiti, che è quanto faceva molto spesso, che non vuol dire che non avesse avuto ospiti, chiunque l'aveva ucciso poteva essere qualcuno che conosceva e che in effetti aveva bevuto con lui, ma di fatto aveva pulito dopo; se mai il fatto che la stanza fosse pulita come lo era sempre dopo che io l'avevo pulita e messa in ordine rendeva la faccenda più sospetta, non certo meno.

Certo, il grande punto interrogativo era mademoiselle Agnès. Sono andato in camera da letto, ho dato un'occhiata alle lenzuola e non sembrava che avesse dormito con monsieur Charles, cosa che invece faceva spessissimo. E allora dov'era? Il resto dell'appartamento era relativamente pulito, a parte i fondi di caffè nel lavandino e il letto sfatto, relativamente pulito, dico, perché per quanto pulito fosse il salotto, comunque in qualche modo sembrava disordinato con dentro monsieur Charles lì disteso sul tappeto e stecchito.

Ero tornato nel salotto ed ero di nuovo lì in piedi, a farmi domande, e poi mi ha preso lo strano impulso di mettere a posto l'appartamento come facevo di solito, penso che c'entrasse il fatto che monsieur Charles aveva lasciato il denaro per me in una busta sul tavolino dell'ingresso, che è ciò che lui faceva sempre, anche se mi incontrava la mattina quando arrivavo. È così che era fatto, monsieur Charles, era uno organizzato, capisce, segnava sempre le ore e l'ammontare della cifra su un pezzo di carta, che metteva insieme ai soldi, e le banconote erano sempre nuove e fruscianti, cosa che consideravo un segno di rispetto. Così sono tornato in cucina e ho pulito il lavandino, poi ho messo le lenzuola pulite nel letto e ho spolverato, infine ho tirato fuori l'aspirapolvere e passato il tappeto della camera da letto, non volevo che qualcuno pensasse che Felipe non si era guadagnato i suoi soldi, non sarebbe stato decoroso, le pare?

Devo dire che è stato strano passare l'aspirapolvere sul tappeto del salotto con monsieur Charles lì disteso, ma ho fatto meglio che potevo, senza toccarlo. E poi ho messo via l'aspirapolvere e sono tornato nel salotto, dove mi ero fermato prima, e be', guardi, non dovevo stirare perché monsieur Charles non aveva lasciato nessuna camicia sull'asse da stiro, che era quello che faceva di solito, perciò non c'era proprio nient'altro da fare tranne quello che avevo già fatto.

Fin dal principio, dalla prima volta che ho visto monsieur Charles disteso là e mi sono reso conto che era stato ammazzato, in un angolo della mia mente c'era un pensiero terribile, che è il motivo per cui ho capito da subito di essere in grossi, grossi guai. Tutti avrebbero fatto due più due, tutti avrebbero dato per scontato che ero stato io a uccidere monsieur Charles, che ovviamente è quel che è successo lo stesso. Non potevo chiamare la polizia, io un semplice clandestino senza nessuna possibilità di difendersi, mi avrebbero arrestato comunque e mi avrebbero espulso, sarebbe stato il minimo che avrebbero fatto, per non parlare delle prove, il fatto che i vicini avevano sentito la discussione con mademoiselle Agnès e monsieur Charles, che era quello che mi aveva detto la vicina non vedente la settimana dopo, dicendo che avrei dovuto badare ai miei modi, ero solo un domestico, ma soprattutto per il semplice fatto che ero lì, avevo la chiave, penso di aver capito già allora di essere stato incastrato da qualcuno, il che ha solo aumentato la mia determinazione a cercare di risolvere il problema da solo.

Ovviamente allora non sapevo fino a che punto sarebbe sembrata brutta la faccenda, capisce, mi ero scordato dello sturalavandini gigante, dopo essere caduto a terra era rotolato sotto la poltrona, proprio accanto alla testa di monsieur Charles, ma a causa della stranezza della situazione e dell'adrenalina e della paura e della stanchezza mi era del tutto passato di mente. Eppure è stato lo sturalavandini a rivelarsi la mia vera rovina, lo sturalavandini gigante, perché avevano solo sturalavandini formato gigante quando ero corso ad acquistarne uno alla ferramenta, poco dopo essere andato a lavorare per monsieur Charles, e indubbiamente lo era, intendo dire gigante, quasi di una lunghezza industriale, con un grosso manico di legno che la polizia avrebbe dato per scontato come arma del delitto, e non da ultimo perché, quando mi hanno arrestato, hanno trovato lo stesso genere di macchie di caffè sulla mia camicia, la camicia a fiori, come le avevano trovate sul colletto della camicia di monsieur Charles, perciò hanno concluso che avevo colpito monsieur Charles sulla testa con quello.

Scordarmi lo sturalavandini è stata la mia rovina; e va bene, è inutile che continui a ripetere, come ho fatto per tutto il tempo, che nessuno ammazzerebbe qualcuno solo perché non si prende la briga di svuotare la caffettiera nel gabinetto, perché, a quanto pare, in Francia questo è considerato un movente adeguato e lo sa solo Iddio cosa si fa la gente per ragioni più serie, per faccende di cuore, ad esempio, preferisco non pensarci. Il fatto puro e semplice è che lo sturalavandini alla polizia è sembrato proprio l'arma ideale del delitto per qualcuno che ne aveva le tasche piene di usarlo tutto il tempo allo scopo tradizionale di sturare i lavandini, probabilmente sono giunti alla conclusione che avevo acquistato di proposito uno sturalavandini gigante, così quando fosse venuto il momento di uccidere monsieur Charles avrei avuto l'attrezzo giusto per farlo, perché si farebbe fatica a uccidere qualcuno con uno sturalavandini di dimensioni normali, no? Non che io la veda perderci il sonno su una cosa del genere, avvocato.

Nel frattempo, mentre ero là, ero arrivato a una sola conclusione inquietante, l'unica speranza di salvarmi. Dovevo sbarazzarmi di monsieur Charles.

14

Non è facile sbarazzarsi di un cadavere. Qualunque cadavere. Non è tanto per le dimensioni e la forma e il fatto che tende a muoversi di qua e di là quando lo trasporti, quasi fosse ancora vivo, quanto per il puro e semplice peso. Il peso morto. Ed è inutile farlo a pezzi per renderlo più piccolo, ammesso che si abbia lo stomaco di farlo, che è quello che si potrebbe fare con altre cose pesanti, non riesco a pensare a nessun esempio ma ha capito che intendo, come l'armadio che al signor Agostini non serviva più e che ho dovuto smontare per portarlo giù dalle scale e per strada, fuori. A parte tutto, fare un corpo a pezzi avrebbe creato un disordine terribile e, se c'è una cosa che non riesco a sopportare, è proprio il disordine. No, non c'era verso di fare una cosa simile, c'è un uomo qui dentro, non quello che continua a chiedere a gran voce del medico ma un altro, che si dice l'abbia fatto, il che dimostra che non è il modo migliore per sbarazzarsi di un cadavere, perché se fosse stata una buona idea allora lui non sarebbe qui, assieme ad altri che sono stati presi per cose che non hanno saputo far bene. No, non è semplice, da un punto di vista pratico, dimenticare per un momento ciò che farai con il corpo, intendo dire dove lo metterai, o come te ne sbarazzerai di preciso, pensi solo al peso, il peso morto. Ovviamente se puoi far venire un amico ad aiutarti è più facile, ma qua si torna a quello che le stavo dicendo degli amici, dovrebbe essere un ottimo amico per contarci in simili circostanze, posto che è chiaramente contro la legge portarsi in giro un cadavere, che tu l'abbia ucciso o meno, soprattutto all'aperto, sebbene ovunque tu lo stia portando, come ho imparato, persino nella privacy di casa tua, o di qualcun altro, stai commettendo un reato di concorso, come quel gioco che facevamo sempre che avevo insegnato a Eva, il gioco delle sedie musicali, quando la musica si ferma è meglio che non sia tu quello in piedi senza sedia, anche se questo è un filo diverso, ovviamente. Be', come dicevo, l'unico buon amico che ho, o avevo, a Parigi, è Raimundo, a parte mio cugino Jésus Enrique, ma d'altro canto difficilmente avrei potuto chiamare l'Alabama quando era in servizio, giusto? Per quanto riguarda Raimundo, un tempo avrebbe fatto qualunque cosa per me, ma poi è diventato geloso di mister Penfold, del signor Agostini e di madame Gregory, ma soprattutto del signor Agostini, dei regali che mi faceva e della cultura che apprendevo grazie agli altri, perciò, sfortunatamente alla fine è diventato meno un amico e più un nemico, e di sicuro lo era quando sono arrivato a dovermi sbarazzare di monsieur Charles, così che, se anche l'avessi chiamato e fosse stato a casa, cosa che io non ho fatto perché tanto lui non c'era, per via della lite che avevamo avuto la sera prima, quando si è precipitato fuori come faceva sempre i giovedì sera, essendo quella la sera tra il mio lavoro dal signor Agostini il giovedì pomeriggio e il mio lavoro da mister Penfold il venerdì pomeriggio, insomma dubito che avrebbe fatto niente a parte qualche commento sarcastico, tipo, be', io te l'avevo detto che te la stavi cercando, Felipe. Perciò chiamare Raimundo era fuori discussione, il che mi lasciava da solo a occuparmi personalmente del problema. Ovviamente non avevo mai dovuto fare un lavoro del genere in precedenza, ma c'è una prima volta per tutto, e considerato che ero convinto che fosse l'unica cosa da fare per salvarmi dalla polizia proprio non avevo molta scelta, avevo fatto spesso lavori difficili che richiedevano una certa dose di inventiva da parte mia, tipo sbarazzarmi dell'armadio che al signor Agostini non serviva più, e mi ero sempre vantato di poter fare qualunque cosa al meglio della mia capacità, persino il fai da te e una volta montare una mensola a mister Penfold per la sua collezione di calamai, e ho già parlato di come so sturare e ripulire il raccordo a U, che è un lavoro che sono più che felice di fare su base occasionale ma che non dovrei proprio fare se la gente si prendesse il disturbo di attraversare il corridoio e fare le cose per bene. Sbarazzarmi di un cadavere, lo so, difficilmente rientra in una di queste categorie, è più una situazione d'emergenza, tipo un incendio, e Felipe non è il genere di persona che se ne sta lì a discutere se spegnere un incendio era pattuito nel suo lavoro mentre l'edificio va in fiamme, è qualcosa in cui occorre agire d'istinto. Lo fai e basta, questo è il punto, perché sembra l'unica cosa da fare.

15

Ora, io non pretendo di sapere molto dei costumi francesi quando si tratta di gestire i cadaveri dei cari estinti, non sono mai stato a un funerale francese o in una chiesa francese o in un bel niente di francese, lavanderia a gettoni a parte, non che abbia niente contro i francesi, o contro nessun altro, se è per questo, è solo che sono uno straniero, quindi tutto è straniero per me, capisce, monsieur Charles era un francese, ovviamente, e un uomo che rispettavo, era piuttosto evidente che era stato ucciso ma non volevo pensarci troppo, tutto quello che importava era sbarazzarmi del cadavere che monsieur Charles era diventato quando ha smesso di essere una persona viva e vegeta, e ho deciso che il modo migliore per farlo fosse portarlo sulla Senna e buttarcelo, proprio come una volta lui mi aveva suggerito di fare con ogni eccedenza proveniente dal suo appartamento, come la spazzatura ma anche altre cose, come le scatole di cartone, per evitare di accatastare la roba in cortile; ho solo pensato che magari gettarlo nel fiume sarebbe stata la mossa più saggia da fare date le circostanze, posto che non potevo semplicemente lasciarlo lì disteso nel suo appartamento a fissare il soffitto o chiamare la polizia o chissà che. Solo pochi giorni prima, avevo letto a Eva il capitolo del suo libro illustrato che parlava degli indù in India, perché madame Gregory pensa che sia una buona idea che lei impari l'inglese, e in India gettano i corpi nel Gange, è il loro modo di dire addio ai cari estinti, dubito seriamente che ce li portino in un bidone dell'immondizia ma, per quello che posso capire io, una volta che sei morto non fa davvero tutta 'sta differenza in che modo arrivi da un posto all'altro, non è che rischi di prendere freddo o che ti vengano i crampi alle gambe, sei morto e amen. Capisce? A ogni costo, in qualunque modo scegliessi di farlo, dovevo semplicemente sbarazzarmi di monsieur Charles, altrimenti sarei stato espulso come straniero clandestino e non potevo correre quel rischio, oltre al rischio di essere accusato di omicidio di primo grado, il che sembrava più che probabile vista la discussione e il fatto che ero convinto fin dall'inizio di essere stato incastrato come coso, lì, com'è che lo chiamate? A conti fatti, sono stato arrestato e accusato prima di uso improprio di arredi municipali e poi di omicidio, a causa del collegamento tra le macchie di caffè e lo sturalavandini gigante e il bernoccolo sulla testa di monsieur Charles, ma quando sulle prime sono stato arrestato con l'accusa dell'arredo municipale, ero più preoccupato di essere espulso, l'ultima cosa che volevo, ovviamente, ché per quanto non riesca a capire i francesi, questo per me è il miglior posto dove vivere ora che mi ci sono abituato e ho gente per cui lavorare e guadagno dei soldi, così da mandarne un po' ogni mese a mia madre, per aiutarla, come lei ha aiutato me quando ero giovane e finivo ubriaco nelle cunette di Muricay. Mamma sta invecchiando e ha bisogno di aiuto, è normale, forse Raimundo aveva ragione quando diceva che ti torna indietro quello che fai, che è il motivo per cui ero così sconvolto, e lo sono ancora, al pensiero di essermelo meritato, sia il bene sia il male ti tornano indietro prima o poi, qualunque cosa tu abbia fatto o non fatto, non che io spedisca denaro a casa a mia madre ogni mese perché voglio che il bene mi torni indietro, non è qualcosa che puoi programmare o su cui puoi contare, tuttavia lo faccio e basta, o lo facevo, per il buon nome della famiglia, ma soprattutto per amore, che è l'unica cosa buona che questo mondo offra mai a qualcuno, o a me, perlomeno, insieme alle relazioni e di tanto in tanto al buon sesso. No, io di certo non volevo essere espulso, che è la spiegazione per quello che ho fatto, prendere o lasciare, cioè sbarazzarmi del cadavere, ma non prima di aver pulito l'appartamento, che dopotutto è il mio lavoro, mi faccio un vanto di tenere in ordine le cose, ho una reputazione da mantenere, il passaparola viaggia in fretta e se qualcuno dicesse qualcosa di brutto su Felipe allora la voce girerebbe, sicuro come il fatto che qualunque altra cosa metti in giro torna in giro, giusto? Per quanto riguarda la reputazione della mia famiglia, non ci vorrei pensare troppo ora, dato che sono in una prigione vicino a un posto di cui non so con esattezza neppure il nome, voglio dire, riguardo al buon nome della famiglia è già abbastanza brutto pensare di essere una ragazza quando non lo sei, figuriamoci venire accusato di omicidio di primo grado, voglio dire, in fin dei conti cosa può esserci peggio di questo?

16

Per quanto riguarda Raimundo, mi torna sempre in mente ciò che mi ha detto mister Penfold, che le persone gentili sono sempre sorprese dalla gentilezza altrui, così come le persone meschine sono sorprese dalla meschinità altrui, cosa che in realtà ha detto prima qualcun altro, Ernest Hemingway, che, sempre secondo mister Penfold, ha scritto alcuni libri grandiosi e altri libri non così grandiosi. Ebbene, quando si parla di gentilezza e meschinità io concordo con Ernest Hemingway, perché è vero, è come con

Raimundo, Raimundo era sempre sorpreso dalla meschinità, il che significa che lui doveva essere meschino, ed era raramente sorpreso dalla gentilezza, si limitava ad accettarla, quando non ne era invidioso, cioè. Ma Raimundo è solo un mulatto arrabbiato che viene dalla favela, con gli occhi sorridenti e una vena vendicativa. Ovviamente io ci tengo a lui, anche se è stato meschino con me, anche se può essere stato gentile all'inizio, quando mi ha incoraggiato a prendere il lavoro di domestico personale del senhor Ponte, perché dopotutto il senhor Ponte era brasiliano, e sarebbe stato facile per Raimundo andare a lavorare per lui invece di dirlo a me. Perché non l'abbia fatto è un mistero, visto che il tempo di farlo ce l'aveva. Forse ha pensato che, raccomandando me per quel lavoro, mi avrebbe posseduto in qualche modo, perché dopo me lo ricordava sempre quando si arrabbiava per i regali che ricevevo, come la camicia stampata a fiori e i libri da mister Penfold, per quelli che mi era concesso tenere. È solo grazie a me se hai queste cose, Felipe!, urlava gettandomi addosso uno dei libri prima di precipitarsi fuori dall'appartamento, così che mi dovevo scusare con mister Penfold se gli sgualcivo uno di quelli che dovevo restituire. Tutto ciò che posso dire è che, per quanto riguarda Raimundo o, se è per questo, chiunque altro, adesso non mi sorprenderei di nulla, né della meschinità né della gentilezza né di niente altro, né adesso né mai più, il che probabilmente significa che avevo ragione su Ernest Hemingway ed Ernest Hemingway aveva ragione sul mondo, in qualsiasi momento abbia detto quel che ha detto.

Perciò eccomi lì, nell'appartamento, con un cadavere che un tempo era monsieur Charles, a fissarlo in quel suo viso tutto bianco e assente mentre lui fissava il soffitto come se vi avesse visto qualcosa che lo infastidiva, tipo della pittura scrostata. In un certo senso il fatto che era in salotto mi sembrava più strano del fatto che non era più vivo, perché non era mai nel salotto la mattina, quando arrivavo, ma nel suo studio, al lavoro alla scrivania, o magari a bere un caffè in cucina con mademoiselle Agnès nelle occasioni in cui mademoiselle Agnès si fermava da lui, cosa che dopo un po' è diventata frequente. Doveva essere stato ucciso più o meno la sera prima, o durante la notte, perché come ho detto monsieur Charles molto spesso riceveva amici per un drink la sera, prima di uscire a cena, perché usciva sempre per cena e io non ho mai visto un piatto sporco che fosse uno in tutto il tempo che ho lavorato per lui. Sì, era indubbiamente strano vederlo giacere disteso lì, nel salotto, se avessi tirato a indovinare avrei detto che la persona che l'aveva ucciso, colpendolo in testa con lo sturalavandini gigante, o qualunque cosa avesse usato, ma molto probabilmente lo sturalavandini gigante così che sembrasse che l'avessi fatto io, conosceva monsieur Charles ed era stata invitata nell'appartamento da monsieur Charles in persona, capisce, non era stato preso niente dall'appartamento, quindi non poteva essere stata un'effrazione con omicidio per commettere un furto, per esempio. No, non era quello, era qualcuno che lo conosceva, molto probabilmente qualcuno a cui non piaceva che fosse un procuratore generale, non che io volessi pensarci proprio allora, quella mattina, anche se ci penso adesso, mentre le racconto tutto esattamente come è successo.

Avevo già pulito e messo a posto tutto molto prima delle dodici e quarantacinque, che era l'orario solito in cui andavo via. Di fatto, dovevano essere solo le undici e trenta quando mi sono ritrovato di nuovo nel salotto a fissare monsieur Charles e a domandarmi come avrei fatto a sbarazzarmi del corpo. In realtà ci avevo pensato per tutto il tempo mentre facevo il mio lavoro e avevo già deciso che la cosa migliore sarebbe stata servirmi del bidone per la differenziata, quello per non ricordo cosa. Ricordavo che una volta ci trasportai un amico con cui ero solito ubriacarmi a Muricay, non feci molta strada, dovetti solo attraversare e salire per un vicolo fino a casa sua, ma non era una persona minuta e pure io ero ubriaco, perciò sapevo cosa mi sarebbe costato trasportare monsieur Charles. Però sono abbastanza forte per la mia stazza, da piccolo dovevo essere in forze perché mio padre prima di morire era un costruttore e io lo aiutavo sempre a trasportare mattoni e legna e altra roba prima che precipitasse dall'edificio che stava costruendo, riesco ancora a vederlo lì disteso e stecchito ai piedi dell'impalcatura che avevamo costruito con il legname che avevamo raccattato in giro, capisce, era scivolato mentre tirava su il secchio della carrucola che avevo riempito di sabbia ed era atterrato proprio di fianco a me, e non è qualcosa di cui abbia davvero voglia di parlare. Per non dire di tutte le volte in cui in vita mia ho aiutato a trasportare roba, scatoloni soprattutto, ho notato che ci sono sempre degli scatoloni da trasportare, che mezzo mondo è dentro scatoloni che devono essere portati in giro e messi da qualche parte, almeno mezzo mondo, se butta un occhio per la città vedrà che trasportare cose è probabilmente l'attività più diffusa, chiunque lavori deve trasportare cose ogni tanto, guardi solo quello che ho dovuto trasportare per madame Gregory quando ha deciso che la luce del sole che entrava dalle finestre del salotto le stava danneggiando i libri, così l'intera biblioteca di libri doveva essere svuotata e messa temporaneamente negli scatoloni mentre il falegname costruiva nuovi scaffali lontano dalle finestre, sul punto più distante, dietro il pianoforte, ovviamente non era una grande distanza da percorrere, ma dato il numero di libri, soprattutto libri d'arte, sempre di trasporto si trattava, bisognava fare tutto, mettersi a svuotare, intendo, la mattina che ha deciso che non le piaceva la luce del sole, i libri erano stati lì per cinquant'anni e proprio non vedevo che differenza avrebbe fatto qualche giorno in più, ma una volta che madame Gregory si mette in testa un'idea non c'è verso di fargliela cambiare. Perciò, vede, sapevo come si trasportano le cose, ero abituato a farlo, ero preparato al lavoro che mi aspettava. Come ho detto, il mio piano era stato fin dall'inizio di usare il bidone, perché sapevo che avrei avuto bisogno di qualcosa con le ruote, altrimenti non sarebbe stato possibile, voglio dire che difficilmente avrei potuto trasportare monsieur Charles sulle spalle giù fino alla Senna, potevo mai con tutti lì a guardarmi e fare domande? Sì, avrei avuto bisogno di un po' d'aiuto e se non era una persona, un amico, intendo, ad aiutarmi, allora tanto valeva usare quel che avevo a disposizione, e se c'è una cosa che ho imparato, se sei in una situazione di emergenza, è che fai proprio questo, ti arrangi con quello che riesci a trovare.

17

Così ho tirato un respiro profondo e mi sono messo a fare quello che dovevo fare. Per prima cosa sono sceso dabbasso a verificare la situazione in cortile. Era esattamente come me l'ero immaginata, il cassonetto normale era pieno da scoppiare e i tre bidoni grossi per la differenziata erano sgombri, a parte una bottiglia vuota in quello della carta. Ho deciso seduta stante di usare l'altro bidone, quello per non ricordo cosa, perché sembrava più corretto nei confronti delle persone che di punto in bianco potevano voler salvare l'ambiente, perché il fatto che non riuscissi a ricordare a cosa servisse il bidone prescelto ovviamente significava che non era poi così importante, non tanto importante quanto quello delle bottiglie o quello della carta, per dire, perché tutti si ritrovano bottiglie e carta in casa, qualunque cosa decidano di farci, anche se i francesi preferiscono continuare a gettare quegli articoli nello stesso sacchetto della spazzatura insieme al resto dei loro rifiuti, perché sono più che soddisfatti dell'ambiente così com'è.

Così, avendo scelto il mio bidone, l'ho trascinato per il cortile in modo da metterlo vicino alla porta, per evitare di dover trasportare monsieur Charles più del necessario, e poi sono tornato su nell'appartamento. Monsieur Charles era ancora là disteso, cosa che non avrebbe dovuto stupirmi ma invece per qualche motivo l'ha fatto, suppongo di aver sperato che fosse stato tutto un sogno, che avrei trovato monsieur Charles in piedi nell'ingresso a lamentarsi con me perché avevo lasciato aperta la porta d'ingresso e a dirmi che la sicurezza è importante, Felipe. Ma non stava facendo niente del genere, non si era mosso e non era un sogno, stava ancora fissando il soffitto.

Monsieur Charles non era un gigante, diciamo che aveva la tipica altezza francese, certo superiore a quella di un filippino, ma inferiore a quella di altre persone, come ad esempio mister Penfold, penso che abbia qualcosa a che fare con quanto si stia a nord, eschimesi a parte, perché in realtà, secondo il libro di Eva sui Paesi del mondo, loro sono belli piccoli, e praticamente vivono tanto a nord quanto ti puoi spingere a nord prima di cominciare a scendere a sud. Una volta ho saputo che, quando si tratta di combattere guerre, gli inglesi solitamente sconfiggono i francesi e questo non mi sorprende molto dato che loro, i francesi, sono tutti più piccoli degli inglesi, credo che abbia anche qualcosa a che fare con il fatto che i francesi parlano molto, parlano e pensano, invece di fare cose, io penso che loro pensino che pensare sia molto importante, mentre altre persone si limitano a fare cose, probabilmente hanno perso la maggior parte delle battaglie perché pensavano troppo a come avrebbero fatto a vincere quando avrebbero dovuto fare qualcosa, ad esempio combattere, perché nella vita puoi pensare quanto ti pare ma questo pensare non ti porta necessariamente da qualche parte, alla fine moriremo tutti, lo sappiamo, e comunque, come dice mister Penfold, la vita è solo una scodella di ciliegie, perciò è alquanto inutile cercare di capirla. Cartesio diceva che era pensare a renderlo ciò che era, ma io non concordo con Cartesio, per me è più una questione di "sono dunque penso" che di "penso dunque sono", perché non puoi pensare a meno che tu non sia ma puoi essere senza pensare, voglio dire, basta guardare Raimundo, per esempio, lui non pensa molto ma di certo è. Voglio dire, immagini solo se io fossi semplicemente rimasto là nel salotto a pensare a come sbarazzarmi di monsieur Charles, non avrebbe risolto il problema, quello che serviva era tirarlo su, portarlo giù in cortile e metterlo dentro il bidone per la differenziata, e questo non richiedeva un gran pensare ma richiedeva una certa dose di forza fisica e di forza di volontà.

Monsieur Charles era comunque pesante, pur essendo più piccolo di altre persone. L'ho sollevato afferrandolo sotto le ascelle e tirandomelo su sopra la spalla, così che la sua testa e le braccia fossero allungate sulla mia schiena mentre con il braccio destro gli cingevo le gambe davanti a me. Questo significava che la mia mano sinistra era relativamente libera per aprire e chiudere la porta d'ingresso. Le ginocchia mi hanno ceduto leggermente sotto il suo peso e ho fatto un respiro profondo, ricordando le volte in cui mio padre mi chiedeva di trasportare cose come pile di mattoni fino all'impalcatura dove stava lavorando, ma non stavo trasportando nessun mattone, trasportavo un cadavere, e mio padre non mi stava facendo cenno con la cazzuola di accelerare, perché anche lui era morto, entrambi erano andati per sempre, dove non lo saprò fino a quando non sarà il mio turno, nella speranza che non sia troppo presto, all'estremità di una corda, da qualche parte.

18

Sono riuscito a chiudere per bene la porta senza fare troppo rumore, usando la chiave che avevo nella mano sinistra per far scorrere il chiavistello mentre accostavo l'anta. Ovviament la mia preoccupazione principale erano i vicini e quella era una questione di fortuna, mister Penfold dice che sei tu a costruirti la tua fortuna, ma io non ero sicuro di come si faceva a costruire la fortuna di non farmi notare. L'ultima cosa che volevo era che uno di loro comparisse sulle scale mentre stavo trasportando monsieur Charles giù in cortile. Non mi era mai capitato di incontrare vicini quando andavo via prima di pranzo, anche se ne incrociavo uno o due quando arrivavo la mattina, ma non si può mai fare assegnamento su queste cose e sapevo di dover portare monsieur Charles giù per le scale il più in fretta possibile. Una delle vicine, come ho detto, è cieca, perciò quello non sarebbe stato grave, ma nessuno degli altri lo era. Era stata quella cieca a lamentarsi con me per il rumore prodotto dalla discussione, dicendomi che avrei dovuto mostrare più rispetto e non disturbare il palazzo, sa, mi aveva sentito uscire dall'appartamento una mattina e chiudere la porta, ovviamente in seguito avrebbe detto di aver sentito menzionare la caffettiera durante la discussione e di aver capito che stavo lasciando l'appartamento quel mattino, proprio come mi aveva sentito lasciare l'appartamento la mattina in questione, mi aveva fiutato come se fosse un cane, o come se lo fossi io, un cane o qualche altro animale. Penso che i non vedenti siano più sensibili al rumore dei vedenti, immagino che sia la maniera in cui la natura prova a rimediare, e nel caso della vicina cieca la natura ha rimediato meglio del previsto, perché potrebbe sentir cadere uno spillo, figuriamoci tutta una discussione al piano di sopra.

Una volta chiusa la porta, sono sceso per quelle scale con tutta la velocità che mi permetteva la cautela, tenendo nella mano sinistra la ringhiera di legno lustra e guardandomi i piedi con attenzione per non scivolare, perché alcuni gradini sono molto difficili e stretti e bisogna stare attenti, ma sono ancora convinto di avere battuto il record mondiale di trasporto di cadavere giù per due rampe di scale. L'unica persona che ho visto, ovviamente, è stata la vicina cieca al primo piano, che, combinazione, ha aperto la porta d'ingresso proprio mentre passavo io, ma lei non mi preoccupava, ha chiuso la porta quasi subito dopo averla aperta e, inoltre, era cieca quanto si può essere ciechi, gli occhi come latte, perciò non avevo nessuna paura che potesse deporre come testimone o quel che è, il che le dimostra quanto si possa sbagliare una persona, cioè io.

Prima di rendermene conto, ero in cortile e monsieur Charles era sano e salvo a testa in giù nel bidone per la differenziata, con il coperchio chiuso e spazio libero da vendere, e io ero addossato al muro a cercare di riprendere fiato. Poi ho tirato su il bidone nel disimpegno, facendolo passare sopra il gradino, e gli ho fatto attraversare la porta di sicurezza che conduceva all'ingresso dove c'erano le cassette della posta. Non era difficile trascinare il bidone, anche con dentro un cadavere, perché tenendolo in un'angolazione speciale tutto il peso andava a finire sulle ruote, che suppongo sia ciò per cui è stato progettato, anche se non è stato progettato per i cadaveri ma per tutelare l'ambiente. Ho raddrizzato per un momento il bidone per aprire la porta d'ingresso e, tenendola aperta con il piede, sono riuscito a portarlo fuori, sulla strada, lasciando che la porta si richiudesse sui cardini. Adesso ero fuori, nessuno mi aveva visto, ero al sicuro, e tutto quello che dovevo fare era trascinare il bidone fino alla Senna e rovesciare monsieur Charles nel fiume, proprio come se fossi stato un indù a tutti gli effetti e monsieur Charles un mio parente stretto e la Senna non il fiume Senna, ma il fiume Gange, da qualche parte in India.

Ero discretamente soddisfatto di come era filato tutto liscio fino a quel punto, fin qui tutto bene, Felipe, mi sono detto, ma penso che sia stato solo quando sono uscito e ho avuto lo shock di vedere Parigi tutt'intorno che ho avuto il mio momento di dubbio e vulnerabilità. Era davvero quella la cosa giusta da fare?, mi chiedevo. Penso che il motivo per cui ho pensato che forse avevo commesso un errore e sarebbe stato meglio tornare sui miei passi fosse che era letteralmente impossibile tornare indietro, credo sia così che funziona la vita, rimpiangi le cose solo quando sono impossibili da riavere, come l'amore, per esempio, voglio dire che nessuno avrebbe mai il cuore infranto se potesse riavere l'amore, non ha alcun senso, ma una volta che è andato, è andato, proprio come io allora mi rendevo conto che non c'era ritorno, non avrei mai avuto l'energia di riportare monsieur Charles su per le scale e dentro l'appartamento, per non parlare del fatto che correvo ancora il notevole rischio di imbattermi in uno dei vicini vedenti sulle scale. Perciò, guardi, è stato quello il momento decisivo, quando ho compreso che potevo solo andare avanti, in cui ho preso una decisione per la prima volta nella mia vita, capisce, e dovevo solo accettare le conseguenze di quella decisione, che è quello che ho imparato che accade nella vita, certe volte con delle conseguenze, certe volte senza.

19

Il raggio di luce è tornato, una sagoma di luce che cade ai miei piedi, è mattina qui nella mia cella, mentre siedo all'orribile tavolo con "merda" sopra, parlando a me stesso e pensando alla luce che è tornata da me. Quanti giorni sono già stato in questo posto pieno di rumore e acciaio e passi? Già sedici? O sono diciassette? Come posso dirlo se non c'è nessuno con cui parlare? Dov'è Raimundo? Quanto resterò qui? Quante le domande senza risposta, esattamente come la maggioranza delle domande, senza risposta: tante domande come tante automobili che mi impediscono di attraversare la strada e mettermi in salvo.

E la corda, non riesco a smettere di pensare alla corda. C'è una scena in un vecchio film visto una volta in cui un uomo decide di impiccarsi, è in una cella come questa, solo in bianco e nero. Non riesco a ricordare cosa usa, ma che importanza ha? Così monta su una specie di gradone e lega qualunque cosa usi intorno al collo e a una delle sbarre della cella. Poi chiude gli occhi e salta. Cade a terra come un sacco e guarda su. Non è morto, è vivo, perché quello che ha fatto è stato buttare giù una sbarra dalla finestra con il peso del suo corpo che cadeva. Perciò si toglie il cappio dal collo e si strizza nel varco della finestra verso la libertà.

Continuo a pensare a questa scena del film e all'attore che lo interpretava, ovviamente era una persona in carne e ossa, ma per me non fa alcuna differenza. E continuo a guardare le sbarre della mia cella che separano così nettamente la luce del sole in altre sbarre ai miei piedi e continuo a pensare alla corda, o a qualunque cosa fosse quella usata dall'uomo per farsi una corda, e sono contento di non riuscire a vedere niente con cui fare una corda perché, se continua così, con me che non riesco a ricordare nemmeno che giorno è o quanto a lungo sono stato qui, allora non avranno bisogno di impiccarmi, lo farò io per loro, come l'uomo nel film, che le sbarre vengano o meno buttate giù dalla finestra potrei comunque finire per farlo, non so quanto in alto sarei da terra nel momento in cui saltassi verso la libertà, quanto alto dovrò saltare per atterrare sano e salvo senza rompermi qualcosa, ma qualunque cosa è meglio che stare qui seduto a questo orribile tavolo con parole come "merda" e "succhiami il cazzo" e altre cose terribili incise sopra, che mi ricordano tutta la gente che ha trascorso i suoi giorni e le sue notti qui seduta a pensare e parlare a se stessa allo scopo di dimostrare la propria innocenza per quello che poteva aver fatto, o non aver fatto, ma che differenza fa?

Non riesco a ricordare cosa avesse fatto nel film l'uomo per ritrovarsi in una cella, ed è proprio questo il punto, ciò che ha fatto o non ha fatto non importa proprio, era lì e doveva pur fare qualcosa, nel senso che non poteva semplicemente starsene lì a marcire come la frutta sul davanzale di mister Penfold, le pere e le banane che acquista ogni settimana perché gli fanno bene alla salute, e che io getto ogni settimana perché non le mangia mai.

Ebbene, almeno potevo fare qualcosa di diverso che non fosse pensare mentre me ne stavo fuori dal palazzo di monsieur Charles con il bidone in cui c'era monsieur Charles capovolto, almeno potevo agire, senza recitare come l'uomo nel film ma facendo qualcosa di reale, sebbene sembrava un po' come essere in un film, non che io sappia recitare, a parte nel ruolo di me stesso. Forse sarebbe stato meglio se Cartesio avesse detto "Trascino un bidone dell'immondizia, dunque sono", avrebbe avuto più senso, perché di certo quel giorno io sapevo di esistere, più di qualunque altro giorno della mia vita, non sto dicendo che mi sia piaciuto farlo nel modo in cui Jésus Enrique dice che gli piace pulire i gabinetti, ma perlomeno avevo uno scopo, perlomeno mi sentivo vivo, potevo sentire la mia esistenza montare dentro di me in un'ondata di paura, eccitazione e terrore ed era meglio, proprio come qualsiasi cosa sarebbe meglio che stare seduto qui a questo orribile tavolo con "merda" sopra, non sto dicendo che lo rifarei daccapo, anzi, piuttosto che dover rifare tutto daccapo mi rinchiuderei direttamente in questa cella, ma farlo una volta non è stato terribile come sembra, tutto considerato, sì, un viaggio con il bidone con dentro monsieur Charles è stato meglio che qualunque secondo passato in questa cella. Due viaggi, be', dovrei pensarci.

20

Sì, la luce è tornata, ed è questo il punto. La luce! Capisce, difficilmente avrei potuto gettare monsieur Charles nel fiume in pieno giorno, le pare? Non con tutta la gente in giro. Avevo trascinato il bidone dal palazzo scendendo lungo il viale fino all'incrocio successivo che portava a rue Monge perché volevo mettere un po' di distanza tra me e tutti i vicini vedenti che avrebbero potuto riconoscermi, giusto nel caso in cui stessero per entrare o per uscire, per non parlare del portinaio, che di certo si ricordava di me da quando non avevo la chiave e che durante la giornata se ne andava spesso a zonzo nei negozi del quartiere o giù di lì, giusto la settimana prima mi ero imbattuto in lui vicino alla panetteria, mi aveva salutato ed era l'ultima cosa che volessi. Voglio dire, cosa avrebbe detto se mi avesse visto in giro con un bidone? Avrebbe voluto sapere cosa ci stavo facendo con un arredo municipale che apparteneva al comune di Parigi, e che al tempo stesso apparteneva al palazzo ed era destinato alla raccolta differenziata, e anche se avessi detto che l'avevo solo preso in prestito, avrei dovuto pensare a una buona scusa e riportarlo subito a posto, o quasi subito, perciò difficilmente avrei avuto abbastanza tempo da riuscire a fare quel che dovevo con monsieur Charles, senza il favore delle tenebre.

Ovviamente a quel punto mi sarei potuto dirigere verso nord, all'incrocio, seguendo rue Monge fino a Notre-Dame e al fiume, ma ho deciso di non farlo perché l'unica volta in cui mi ero imbattuto in uno dei vicini vedenti fuori dal palazzo era stato su quel lato della strada e anche perché era affollata e non ci sarebbe stato nessun posto adatto per aspettare il momento giusto fino all'imbrunire. Riuscivo anche a vedere dei gendarmi dirigere il traffico e sapevo che ce ne sarebbero stati altri sul lungosenna, soprattutto dopo, nel pomeriggio, dato che era un venerdì e quindi molte auto sarebbero rimaste imbottigliate mentre si dirigevano verso la tangenziale della *rive gauche*. No, la cosa migliore era senza dubbio dirigermi a sud, per il momento, magari fermandomi al caffè che conoscevo per cercare di chiamare Raimundo, ricordo che allora avevo un bisogno tremendo di parlare con qualcuno, con chiunque, persino Raimundo andava bene, nonostante la terribile litigata e tutto quanto, tutto quel pensare e prendere decisioni da solo mi stava dando il mal di testa, che non significa che non avessi già mal di testa, ne ho uno in questo momento mentre sto parlando, ne ho avuto uno dopo essere stato colpito sulla testa da Raimundo e uno dopo essere stato colpito sulla testa dall'uomo fuori dal negozio e uno dopo essere caduto sull'acciottolato del lungosenna. Faceva anche caldo, ovviamente, visto che era il giorno più lungo dell'anno ed era molto rovente, il che mi ha fatto solo peggiorare il mal di testa.

Ma come prima cosa dovevo attraversare il viale. L'incrocio a cui mi trovavo non aveva il semaforo, era solo un incrocio, ma i francesi non si fermano a questo tipo di incroci, proprio come non gettano bottiglie, carta e tutta l'altra roba nella differenziata, tranne una sola bottiglia, a meno che non vi siano costretti, ma poiché non lo sono, non lo fanno, intendo dire che nessuno li costringe a farlo. All'incrocio si deve semplicemente attraversare quando si vede un ingorgo e sperare di farcela, cosa che normalmente riesce, se si sta attenti. Ma c'era un sacco di traffico e mi sono ritrovato ad aspettare per cinque, no, dieci minuti, prima di sentirmi abbastanza sicuro da attraversare, e anche allora ho dovuto fare una corsa, spingendo il bidone avanti più in fretta che potevo e scampando a uno scooter giusto per un pelo. Il gradino del marciapiede su quel lato era parecchio alto, ma il bidone l'ha affrontato bene, a dire il vero se lo tenevo in un'angolazione speciale come ho detto, sulle prime sembrava quasi senza peso, non sto dicendo che fosse ancora così dopo che mi ero stancato, ma all'inizio sì, in effetti malgrado l'emicrania era così facile da trasportare che sono stato tentato di guardare dentro per vedere se monsieur Charles fosse ancora lì, ma naturalmente non l'ho fatto, non era certo mia intenzione mettermi ad aprire il coperchio così che tutti potessero vederci dentro un cadavere e partissero a fare domande, le pare?

All'inizio nessuno sembrava considerare strano che stessi trascinando in giro un bidone, con o senza uniforme da netturbino, ma ovviamente, se ci ripenso, è molto probabile che mi stessi illudendo. È come ho detto, tutti stanno sempre trasportando qualcosa in città, il che include anche trascinare cose, probabilmente è il gesto più adatto per non attirare l'attenzione, è come un passaporto per la libertà se vuoi andare in giro per le strade, e questo ha accresciuto la mia sicurezza e ho deciso di andare dritto al caffè sull'angolo, verso rue des Écoles, prendere un bicchiere d'acqua e magari provare a telefonare a Raimundo. Conoscevo bene il proprietario perché non è lontano da dove viviamo noi, o vivevamo, sono confuso, ed ero sicuro

che non gli sarebbe dispiaciuto se avessi parcheggiato lì il
bidone per un minuto o due.

21

Mentre trascinavo il bidone per rue Monge riuscivo a
percepire un'atmosfera diversa in città, diversa dai normali venerdì, intendo, ma non avrei saputo dire cosa fosse. Ero solo io probabilmente, voglio dire, dovevo essere io
a essere diverso, non qualcuno o qualcos'altro, perché ero
in una situazione d'emergenza con il bidone e tutto quanto
e il cuore mi batteva come un tamburo. Faticavo a credere
che quello che stavo facendo fosse vero, proprio come fati-
co a credere di essere in prigione quando mi sveglio la
mattina, o nel mezzo della notte, appena uscito da un sogno che mi ha portato molto lontano, magari a casa a Muricay e alla mia infanzia e al mare, che non ricordo mai az-
zurro ma trasparente, vedo un bambino nuotare e ridere
per qualcosa, ma da sotto, come fossi un pesce, e questo è
il sogno che faccio più di frequente. Tutto cambia nel sonno e quella dura, brutale realtà che è la vita quando le cose
vanno male scompare all'orizzonte. Io non credo nei sogni, semplicemente li vivo, ne traggo piacere, dopotutto
cos'altro c'è che può darmi piacere in questo posto quando
tutto quello che posso vedere a questo terribile tavolo con
"merda" sopra è la perdita, senza nemmeno amore o affet-
to o gentilezza a rendermela sopportabile? No, è meglio
dimenticarsi dell'amore e della passione qui dentro, fare
solo quello che fanno gli altri, reclamare a gran voce il dottore o semplicemente aspettare la pastiglia che ti danno
ogni sera, in un bicchierino di plastica, per calmarti i nervi
e farti tornare a dormire, farti tornare al posto a cui ap-

partieni, perché, almeno nel sonno, sei nel tuo mondo, privato e sicuro, ovunque sia.

Adesso vedo me stesso, molto chiaramente, come in un film, aspettare all'incrocio successivo e attraversare la strada per andare al caffè che conosco, Le Sporting, trascinandomi dietro il bidone e fermandomi sulla terrazza. E ancora nessuno mi guardava con fare accusatorio o giudicava strano che un filippino con un sarong e una camicia a fiori si stesse occupando di un arredo municipale. Ho guardato nel bar ed ecco lì Cherki, il proprietario algerino, che sedeva sul suo sgabello alto dietro la cassa, intento a impilare monetine da venti e dieci centesimi come suo solito. Capisce, questo bar è il mio bar, dove vengo di quando in quando perché è addirittura più vicino a casa mia, il monolocale che Raimundo e io abbiamo affittato, che all'appartamento di monsieur Charles. È molto conveniente e non devi nemmeno prendere da bere se non vuoi, puoi sederti fuori sulla terrazza a uno dei tavolini e bere acqua del rubinetto, che Cherki ti porta in una caraffa, e semplicemente startene un po' a guardare quel che succede in giro.

Cherki mi ha sorriso, mi ha salutato e ha detto Felipe, stai lavorando per il municipio di Parigi adesso, ma dov'è la tua uniforme? Io l'ho salutato e gli ho detto che il portinaio mi aveva chiesto di sbarazzarmi di un po' di rifiuti in eccedenza perché gli altri cassonetti erano pieni da scoppiare. Stavo trascinando il bidone sul gradino per portarlo nel locale ma Cherki pensava che non fosse una buona idea, i suoi clienti avrebbero potuto non gradire, mi ha detto, ma in tono gentile, e allora gli ho chiesto se potevo lasciarlo semplicemente lì un minuto mentre facevo una telefonata urgente a Raimundo, spiegandogli che i rifiuti erano puliti, rifiuti ecologici.

Cherki avrebbe potuto dire che gli stavo chiedendo un favore, cosa che non avevo mai fatto prima, anzi al contrario, perché una volta gli avevo dato una mano al bar quando suo fratello Salaïb era caduto giù dalle scale che portano al seminterrato, perché aveva bevuto troppo pastis dopo il *Ramadan* e non era in grado di lavorare. Comunque ha detto che andava bene, questo è quanto, a dire la verità dopo un po' l'ha trovato piuttosto divertente, ha detto che non riusciva a credere che stessi portando in giro la differenziata ma che dovevo aver rapinato una banca o sequestrato qualcuno, cosa che anche tutti gli altri nel bar hanno trovato divertente.

Sono andato alla cabina telefonica e ho cercato di chiamare Raimundo ma non era a casa, era troppo presto perché fosse andato al lavoro al Bar Bossa, probabilmente dormiva, c'era la segreteria telefonica, perciò gli ho lasciato un messaggio per dirgli che lo ritenevo un egoista, lurido maiale per avermi colpito alla testa la sera prima e poi, dov'era quando avevo bisogno del suo aiuto?

22

Non avrei potuto richiamarlo al Bar Bossa, per qualche motivo Raimundo non mi aveva mai voluto dare il numero, forse non voleva che lo chiamassi al lavoro perché aveva cominciato a lavorare lì solo di recente, anche se conoscendo Raimundo probabilmente c'era un altro motivo.

Non so mai quale sia la verità quando c'è di mezzo Raimundo, secondo lui in tutto c'è una storia dietro, quando lo colgo a mentire risponde sempre nello stesso modo, dicendo, e con ciò? Però sapevo dov'era il Bar Bossa, si trovava vicino all'Odéon, in rue Mazarine, se avessi avuto bisogno di vederlo o parlargli avrei sempre potuto andarci in seguito, persino con il bidone, perché fino a quel momento ero riuscito a gestirlo bene, avevo portato monsieur Charles giù a pianterreno ed ero arrivato al Le Sporting senza nessun problema, a parte lo scooter che quasi mi aveva investito.

Dopo aver fatto la telefonata, ho preso un tavolino all'interno, vicino al bidone, e ho cercato di sembrare più rilassato possibile, come se davvero stessi trasportando della differenziata invece di un cadavere che era appena stato ucciso. Non c'erano molte persone nel caffè, solo una o due sedute ai loro tavolini a bere vino o birra o qualunque altra cosa stessero bevendo, e mentre sedevo lì con la mia caraffa d'acqua mi sono ritrovato a chiedermi cos'era che le faceva bere. Come ho detto, io un tempo bevevo ma poi ho smesso perché non riuscivo a smettere, intendo dire a smettere di bere, cioè non mi fermavo finché non finivo in mezzo alla strada, e in genere a quel punto era troppo tardi per ricordarmi cosa fosse successo, per la verità in genere era troppo tardi per qualunque cosa, in genere era l'alba, l'alba del giorno successivo o di quello dopo ancora. E poi un giorno ho smesso e il mondo intero è cambiato, non sono sicuro se sia perché è diventato un posto diverso o perché io sono diventato una persona diversa, è difficile dirlo, ma la vita non era mica diventata automaticamente più facile, anche se tutti dicevano che stavo meglio senza bere, alla larga dalle cunette eccetera, per non parlare del risparmio di denaro. Non dirò che non mi piaceva, bere, perché mi piaceva, è solo che non riuscivo a smettere una volta iniziato, a dir la verità ho ricominciato quel giorno e ho smesso di nuovo quando mi hanno arrestato, be', a quel punto dovevo fermarmi per forza, no? Sa, con il cuore che mi martellava per l'agitazione e la paura per la situazione d'emergenza mi sono ritrovato a domandarmi se un unico bicchiere non mi avrebbe calmato i nervi rendendomi meno nervoso, proprio come la gente intorno a me che sembrava gustarsi un solo bicchiere, e poi mi sono ricordato che probabilmente per me sarebbe stato impossibile limitarmi a un solo bicchiere, ne avrei ordinato un altro e poi un altro e poi un altro, senza fermarmi, il che non mi avrebbe aiutato per niente nella situazione d'emergenza in cui mi trovavo, proprio per niente, perciò ho smesso di pensare di farmi un bicchiere praticamente non appena ho cominciato, pensare è come bere, quando comincio a pensare diventa altrettanto impossibile fermarmi, e invece ho bevuto la mia acqua, che non mi ha fatto sentire né meglio né peggio ma mi ha dato qualcosa da fare e mi ha fatto sembrare normale, o tanto normale quanto lo può sembrare chiunque sieda in un caffè con accanto a sé un bidone per la differenziata con un cadavere dentro.

Ebbene, stavo pensando a tutto questo mentre ero lì seduto, stavo pensando di farmi un bicchiere e poi ho smesso, intendo dire che ho smesso di pensarci, e poi mi sono messo a valutare il modo migliore per far arrivare monsieur Charles fino al fiume, devo essere rimasto lì un bel po', molto più di un'ora, in effetti, perché quando ho guardato l'orologio sulla parete erano le due e quindici, sì, avevo trascorso parecchio tempo nel bar ma ce ne sarebbe voluto ancora molto prima che facesse buio, visto che era il giorno più lungo dell'anno. Forse le dieci. O dopo. Dieci e trenta, forse. Otto ore! Otto ore con il bidone nell'affollata Parigi del venerdì pomeriggio, con la gente e i gendarmi e le auto e gli autobus e gli scooter e i pattinatori e tutti gli altri che erano in giro per le strade e sui marciapiedi e soprattutto i pattinatori, perché a volte scendono in centinaia e centinaia sul lungosenna, la polizia blocca tutto il traffico, alcuni gendarmi scendono dalle auto su cui stanno di solito e si travestono da pattinatori per tenerli sotto controllo, che è una cosa abbastanza strana da vedere, un gendarme che pattina, voglio dire, chi lo avrebbe mai pensato? Cosa sarebbe successo se qualcuno o qualcosa mi fosse venuto addosso, rovesciando il bidone e facendo cadere monsieur Charles sul marciapiede, sulla strada, in un posto qualunque? O se i gendarmi mi avessero fermato per farmi delle domande, chiedendomi perché non avevo un'uniforme adeguata, o tutte le altre cose che potrebbero succedere? Già il solo pensiero mi innervosiva, riuscivo a sentire il sudore che mi si formava sui palmi delle mani mentre mi chiedevo come avrei gestito la cosa. Non sarebbe stato meglio nascondere il bidone da qualche parte fino all'imbrunire, voglio dire, cosa avrei fatto tutto il pomeriggio e la maggior parte della sera? Di certo qualcuno prima o poi avrebbe scoperto cosa c'era davvero nel bidone, non la differenziata ma una persona, una persona morta. Non mi conveniva cercare un po' di carta o altri rifiuti speciali per metterli nel bidone sopra e intorno ai piedi di monsieur Charles o qualcosa del genere, così, se qualcuno per caso avesse aperto il coperchio e guardato dentro sarebbe sembrato a tutti gli effetti normale? Ero molto nervoso a stare seduto lì a pensare senza fare niente e, come ho detto, è meglio agire che pensare, anche solo stare seduti lì a pensare avrebbe reso nervoso chiunque e per quanto riguarda me, be', io sono sempre stato nervoso per certe cose e niente mi innervosisce più del solo pensare, al posto di agire, o almeno, niente a cui riesca a pensare.

23

Ma dove potevo nasconderlo? Intendo dire il bidone. Di certo non potevo semplicemente restarmene seduto al Le Sporting tutto il giorno in attesa di portare monsieur Charles fino al fiume, giusto? E a quel punto mi è venuta un'idea. Visto che spesso vado al cinema che c'è in rue des Écoles, conosco la ragazza che vende i biglietti nel gabbiotto di vetro, si chiama Marie e mi sorride sempre quando vado al cinema perché è gentile, in realtà non vuole vendere biglietti in un cinema ma lo fa per la stessa ragione per cui la maggior parte della gente fa le cose, per guadagnarsi da vivere, non sembra che le dia fastidio, lo accetta, anche se preferirebbe fare l'attrice, che è quello che una volta mi ha detto che vorrebbe fare. Capisce, in un certo senso Marie e io siamo amici, credo che Marie intuisca che io penso di essere una ragazza e tutto, una volta mi ha regalato un rossetto, un gesto molto carino, non che lo usi molto spesso, tranne che in occasioni speciali, come per uscire.

Ero stufo di starmene seduto lì a pensare senza fare niente, perciò ho deciso di punto in bianco di lasciare il Le Sporting e fare il resto della rue Monge per poi percorrere la rue des Écoles fino al cinema per vedere se Marie poteva aiutarmi. Ovviamente questo mi avrebbe condotto vicinissimo al monolocale che io e Raimundo avevamo affittato, il che mi ha spinto a chiedermi se non avrei fatto meglio ad andare semplicemente a casa, a quel punto, ad aspettare che facesse buio. Ma d'altro canto come avrei fatto a salire con monsieur Charles per sei rampe di scale se un'ora e mezza prima ero convinto che non sarei riuscito a riportarlo su per le due rampe fino al suo appartamento? E, se anche ci fossi riuscito, cosa inverosimile, chi mi assicurava che il bidone per la differenziata non sarebbe stato pieno da scoppiare quando mi fosse servito di nuovo, così che uno dei vicini − i nostri vicini, stavolta − avrebbe potuto cogliermi a svuotarlo di tutti i rifiuti gettati mentre io aspettavo di sopra? Perché, se i vicini di monsieur Charles sono soddisfatti dell'ambiente così com'è e non ritengono necessario separare le bottiglie e la carta e le altre cose che non ricordo, i nostri vicini, essendo persone meno istruite, avrebbero semplicemente gettato nel bidone qualunque cosa gli fosse capitata a tiro, anche se era un bidone per la differenziata e io non volevo che il mio bidone per la differenziata fosse pieno dei loro rifiuti per poi doverlo svuotare per terra, non che fosse un problema, comunque, perché era chiaramente impossibile per me salire con monsieur Charles fino al nostro appartamento, per non parlare del rischio di essere beccato, anche se tutti i nostri vicini di giorno escono per lavorare, eccetto madame Fabius a pianterreno che tiene le tendine chiuse e non l'ha mai vista nessuno.

No, andare a casa non aveva senso, nessunissimo senso, e oltretutto il nostro palazzo era su una salita, da rue des Écoles la nostra via si inerpica ripida proprio come rue Monge, e non ero nemmeno sicuro che sarei riuscito a trascinare il bidone fin lì, figuriamoci, poi, salire con monsieur Charles fino al nostro appartamento. Così mi sono avviato per rue des Écoles con l'idea di chiedere a Marie di darmi una mano. Faceva caldo ma non era troppo faticoso perché trascinavo il bidone tenendolo in quell'angolazione speciale, penso fossero più i nervi che il caldo a farmi sudare i palmi delle mani.

Una cosa che mi preoccupava era il fatto che non indossavo nessuna divisa, perché certi mestieri ne richiedono una e se non ce l'hai proprio non puoi fare bene il tuo lavoro, di certo non puoi fare il gendarme senza una divisa, o la guardia repubblicana, ed è lo stesso con i netturbini, devono avere tutti un'uniforme, come ha detto Cherki, la loro è verde, giacche, pantaloni, berretti e scarponi verdi, be', non penso che pure gli scarponi debbano essere verdi, penso che il colore abbia qualcosa a che vedere con la natura, visto che la natura di solito è verde, mentre io non avevo addosso niente di verde e di sicuro non del tipo di verde che di solito indossano loro, una specie di verde acido, o verde bandiera, quasi fluorescente, che può anche aiutarli a non essere investiti dagli scooter al calar della sera, perché devono svuotare i bidoni nei camion dei rifiuti e questo significa che devono lavorare molto per strada, che è un posto pericoloso dove lavorare nel comune di Parigi con tutto ciò che sfreccia a gran velocità sulle ruote, persino i pattini. No, non avevo addosso proprio niente di verde, anzi, come ho detto indossavo la camicia a fiori che mi aveva dato il signor Agostini perché ero seccato con Raimundo per essersi seccato con me, e la camicia a fiori per la precisione è gialla, i fiori perlopiù bianchi e rossi, mentre il sarong che indossavo è celeste, il che probabilmente è quanto di più lontano si possa pensare da un'uniforme verde acido, capisce?, avevo messo il sarong quella mattina perché sapevo che avrebbe fatto caldo e da dove vengo io è abbastanza normale, oltretutto se indossavo la camicia a fiori assieme al sarong, Raimundo si sarebbe molto infastidito perché vuole che indossi il sarong solo quando sono con lui, non quando sono da solo, il che è quello che volevo, intendo dire infastidirlo.

Senza uniforme, quindi, senza niente di neanche vagamente verde, mi sentivo piuttosto a disagio a trascinare il bidone per la strada, e mentre superavo un altro incrocio e poi il successivo potevo percepire la gente guardarmi in modo strano, cosa che non era successa quando avevo trascinato il bidone dall'appartamento di monsieur Charles fino al Le Sporting, o be', forse sì, non saprei, ero stato troppo impegnato per notarlo, comunque ho deciso che al limite era una ragione in più per raggiungere il cinema e togliermi di nuovo dalla strada.

24

L'ultima volta che ero andato al cinema era stato due sere prima; amo il cinema, è un'evasione dalla vita, come pure i libri, i francesi pensano che sia un'arte, la chiamano la settima arte, cosa che non è; il cinema non è un'arte, è più una questione di tecnica, come i nuovi scaffali di madame Gregory. L'arte la tengono al Louvre, come ho detto a Jésus Enrique quando stavamo parlando di pulire i gabinetti, in un certo senso l'arte pure è una questione tecnica, ma una tecnica diversa, non mi verrà mica a dire che tenere in sospeso la fantasia del pubblico come un *cerf-volant* per novanta minuti o giù di lì non sia una questione tecnica, perché lo è; noi lo chiamiamo aquilone, ed Eva e io se c'è vento giochiamo sempre agli aquiloni, sul lungosenna, quando capita l'occasione, ed è un po' come guardare un film, o piuttosto farne uno, tenere l'aquilone alto per aria con un filo, lungo quanto riusciamo, la nostra immaginazione che vola tanto alta e tanto bene quanto riusciamo a farla volare, per così dire.

Il film che avevo visto l'avevo visto da solo, dato che io e Raimundo non riuscivamo ad andare d'accordo, come ho detto, per via delle litigate del giovedì sera, così che la maggior parte della settimana era dedicata o a prepararsi alle litigate o a uscirne. Il film che avevo visto era abbastanza bello, ma neanche lontanamente bello quanto il film francese che mi piace davvero tantissimo per via della scena con l'uomo che non si suicida, cioè, che cerca di suicidarsi ma che fa cilecca, o che la scampa. I francesi hanno fatto uno o due bei film che ho visto, ma i film migliori sono americani perché sono stati loro a inventarlo, non l'aggeggio, quello non credo, ma proprio la sostanza, con Buster Keaton, Harold Lloyd e Charlie Chaplin, che era inglese, o britannico, ma che ha girato i suoi film in America, come Alfred Hitchcock e Clint Eastwood e Martin Scorsese e tutti gli altri, loro avevano capito, o capiscono, quelli ancora vivi, che ciò che serve è una storia da raccontare, e, pure se Clint Eastwood non è un genio come Buster Keaton, capisce che un grande western è sempre pieno di dilemmi morali, di bene e male, cosa che pure il grande poeta, Jorge Borges, aveva intuito quando ha detto che il western è l'epica americana, non che io preferisca i western agli altri generi di film, sia chiaro, ma capisco cosa c'è dietro. Dopo tutto, bene e male, giusto e sbagliato, sono queste le cose più importanti da decidere, voglio dire, lei non pagherebbe per vedere un film su un domestico personale che cerca di sbarazzarsi di un cadavere, giusto? Non è una storia, è solo parte di una storia, dev'esserci dentro qualcos'altro perché valga il prezzo del biglietto, che costa quaranta franchi, e per quaranta franchi, be', ti meriti qualcosa di più, visto che ci metti i soldi. Un po' di queste cose me le ha insegnate mister Penfold, in un discorso che abbiamo fatto una volta quando gli stavo pulendo le finestre della camera da letto mentre lui stava cercando di trovare i gemelli della camicia.

Non ero sicuro che il cinema stesse ancora proiettando lo stesso film che avevo visto due giorni prima, ma la cosa non mi impensieriva più di tanto, non è che stessi andando al cinema per vedere un film, stavo andando a cercare aiuto, che è diverso. Marie era là, è sempre là, ma capita anche che non ci sia, potrebbe prendersi un giorno di ferie o beccarsi un raffreddore quando è inverno, non che sia inverno ma con queste cose non si sa mai, non si può contare su niente in una situazione d'emergenza perché le cose tendono ad andare incredibilmente male, o a precipitare. Ma con mio grande sollievo lei c'era e mi ha sorriso mentre mi avvicinavo al gabbiotto all'ingresso del cinema e la salutavo. Voleva sapere cosa stessi facendo con il bidone, ebbene, l'avevo previsto e, anche se io non mento mai, non ai livelli di Raimundo, a cui piace mentire quanto a Jésus Enrique piace pulire gabinetti, ho deciso che dovevo mentire o distorcere un po' la verità, perché non pensavo che sarebbe stato bene per lei conoscerla, l'avrebbe resa una complice, o come la chiamate voi, così le ho detto che stavo facendo una raccolta di beneficenza per la carestia in Africa, e Marie ha detto che non aveva sentito di nessuna recente carestia in Africa ma invece aveva sentito di alcune inondazioni e io ho detto che c'è sempre una carestia in Africa, non è questione di recente o meno, in Africa la carestia non smette mai, è solo che a volte la trovi sui giornali e altre no, leggi altre cose, tipo gente famosa che si sposa o la congiuntura economica, che non significa che la carestia si sia fermata tutto a un tratto. Allora Marie ha voluto sapere cosa stessi raccogliendo e non potevo certo dirle che raccoglievo cadaveri, così le ho risposto che erano vestiti e lei ha detto che senza dubbio avevo raccolto qualche capo interessante, sporgendosi sopra il bancone e guardando giù verso il mio sarong e i sandali, perché, capisce, non mi aveva mai visto in sarong prima.

Poi ho chiesto a Marie nel modo più gentile possibile se per lei poteva andare bene che lasciassi il bidone nell'atrio per andare a vedere il film e Marie ha chiesto perché volevo vedere il film quando l'avevo già visto due giorni prima e dal momento che avrei dovuto raccogliere abiti per beneficenza. Non ero sicuro di come rispondere a quella domanda, che in realtà erano due domande, perciò mi sono limitato a sospirare e ho detto a Marie che era difficile da spiegare ma fuori faceva caldo e mi sentivo semplicemente in vena di fare una pausa. Ebbene, come le ho detto, Marie è gentile, perciò ha risposto che non sarebbe stato un problema dare un occhio al bidone e capiva perfettamente che volessi rivedere il film per la seconda volta, visto che era un bel film. Io penso che debba aver pensato che stavo agendo in modo piuttosto strano ma, come ho detto, è gentile e aveva capito che ero nel momento del bisogno, non necessariamente in una situazione d'emergenza ma bisognoso di qualche aiuto che lei non doveva comprendere per forza. Perciò ho trascinato il bidone in una posizione sicura dietro il cubicolo di vetro in cui Marie vendeva i biglietti, ben fuori dalla portata di qualunque cliente potesse passare di lì entrando al cinema, e ho preso un biglietto. Non preoccuparti per questo, Felipe, mi ha detto quando ho cercato di pagarglielo. Hai già visto il film una volta, non devi pagare la seconda.

L'ho ringraziata di tutto cuore e sono entrato. In sala non c'era nessun altro perciò ero assolutamente da solo, il che mi andava benissimo. Il film era già iniziato ma non mi importava, volevo solo scappare da tutto per un istante, da monsieur Charles, dal bidone, da Parigi e da tutti quelli che fuori mi guardavano come se avessi fatto qualcosa di sbagliato. Soprattutto avevo bisogno di scappare dal tempo, dalle ore di luce, perché la notte era ancora molto distante, lontanissima.

25

Non ho guardato davvero il film, non avevo la testa, pensavo ad altre cose, inoltre avevo già visto il film perciò sapevo cosa sarebbe accaduto. Alla fine la ragazza impazzisce, che non è una gran storia. La protagonista è molto carina, è una ballerina e le viene regalato un paio di scarpette rosse da ballo. Le scarpette rosse la aiutano a danzare benissimo ma non le permettono mai di smettere di ballare, che è il motivo per cui impazzisce. Alla fine salta giù da una balconata e fine della storia.

Per qualche motivo, forse semplicemente perché stavo pensando a tutto quel che era successo quel giorno fino a lì, la ragazza con le scarpette rosse mi ha ricordato mademoiselle Agnès, mentre due giorni prima non ci avevo pensato. La ragazza era più carina, naturalmente, se mademoiselle Agnès fosse stata carina come la ragazza con le scarpette rosse avrebbe trovato un amante più bello di monsieur Charles, che so bene non essere una cosa carina da dire nei riguardi di monsieur Charles, considerando che è morto, ma così è la vita ed è così che accade nelle coppie, le persone tendono a scegliersi, una persona brutta finirà con un'altra persona brutta e una persona bellissima finirà con un'altra persona bellissima. Credo che sia andata così sin dagli inizi. Io non sono bellissimo, non sto dicendo questo, ma non penso di essere brutto, e neanche Raimundo è brutto, anche se a volte io gli dico che è brutto per irritarlo, perché è molto vanitoso, lui, in realtà è parecchio bello, il che non significa, come ho detto, che io sono bellissimo, anzi, suppongo di essere stato fortunato ad avere incontrato lui sebbene non così fortunato se si considera come mi trattava. Non che stiamo più insieme, visto che ancora non si è nemmeno sprecato a venire a trovarmi qui, probabilmente si è scordato del tutto di me perché ha trovato qualcosa di meglio, dopotutto non sono stato io a trovare il monolocale e pagare l'affitto all'inizio?

No, la ragazza con le scarpette rosse mi ha ricordato mademoiselle Agnès per via del luccichio negli occhi quando impazzisce. Non sto dicendo che mademoiselle

Agnès sia pazza, non può essere pazza una che lavora, è solo per lo sguardo negli occhi della ragazza con le scarpette rosse prima di saltare giù dalla balconata. Mademoiselle Agnès aveva quello sguardo quando lei e monsieur Charles si sono arrabbiati con me quando avevo chiesto un piccolo aumento nel mio compenso orario in conformità con la congiuntura economica.

Quel mattino ero appena arrivato ed ero in piedi in cucina, non è successo molto tempo fa ma sembra così, soprattutto adesso che monsieur Charles è morto e tutto il resto. Ho già spiegato cos'è successo ma non ho parlato di come mi guardava mademoiselle Agnès, era esattamente lo stesso sguardo della ragazza con le scarpette rosse sulla balaustra, come ho detto, con uno strano luccichio negli occhi, e mi ha spaventato. Mademoiselle Agnès ha guardato me e poi ha guardato monsieur Charles, ed è stato allora che monsieur Charles si è girato verso di me con quell'espressione arrabbiata che non gli avevo mai visto prima, era quasi come se mademoiselle Agnès lo stesse aizzando, come se avesse intenzionalmente provocato una discussione per il gusto di farlo, o persino per qualche altra ragione. Capisce, io sono stato costretto a difendermi, nonostante quello che la vicina cieca ha detto dopo sul fatto che io causavo guai, non sono stato io ad avviare la discussione ma dovevo dire qualcosa, erano due contro uno, mio padre era un uomo molto stimato e un costruttore prima di morire e mio zio, lo tio Juan, è un uomo istruito, non è che fossi appena sceso dall'ultimo barcone della Cina, avevo la mia dignità anche se non avevo il permesso di soggiorno, è quello che ho detto, non tutti hanno documenti o soldi o altre cose ma tutti hanno la dignità, è qualcosa che nessuno può portarti via, possono provarci ma la dignità è quello che ci rende umani, ci sono moltissime persone pronte a scambiare la propria dignità con il denaro o giù di lì ma io non avrei mai barattato la mia né avrei permesso che qualcuno me la strappasse e di certo non una donna che assomigliava a una ballerina pazza sopra una balconata in attesa di buttarsi giù.

Non ho detto tutte queste cose, vorrei averlo fatto, ho detto solo la prima parte, ma è stato abbastanza per far arrabbiare mademoiselle Agnès, perché è stata lei la prima ad arrabbiarsi davvero, comportandosi come se stesse difendendo il suo uomo e dicendo a me, come osi? Lei mi stava sgridando e monsieur Charles si è unito a lei, proprio come ho spiegato, io non riuscivo a crederci, sembrava così esagerato, così artefatto, intendo dire, non riuscivo a credere che si stessero arrabbiando tanto solo per un aumento di salario, non aveva alcun senso, soprattutto quando la volta successiva che ho visto monsieur Charles, senza mademoiselle Agnès, lui mi ha spiegato tranquillamente che ci aveva pensato su e considerava l'aumento del tutto ragionevole, sono state quelle le sue parole, ovviamente in francese, un *tout à fait raisonable*. Voglio dire, cosa stava succedendo? Un minuto prima mademoiselle Agnès minacciava di sguinzagliarmi contro le autorità perché ero un clandestino, quello successivo monsieur Charles era felice di concedermi l'aumento perché era *tout à fait raisonable*. E che dire delle chiavi? Perché monsieur Charles avrebbe dovuto continuare a farmi entrare lui nell'appartamento e a farmi suonare al portinaio per chiudere la porta a doppia mandata quando me ne andavo alla fine del lavoro e poi mademoiselle Agnès ha fatto in modo di farmi avere una chiave una settimana prima che monsieur Charles fosse ucciso? Dopotutto avere una chiave è prova di responsabilità, dimostra rispetto per qualcuno, perciò perché proprio la persona che mi rispettava di meno mi ha dato la chiave dell'appartamento quando non era neanche davvero necessario, visto che il sistema di far venire su il portinaio per la doppia mandata aveva funzionato perfettamente bene nei precedenti due anni? Non ha senso, a meno che mademoiselle Agnès non avesse qualcosa a che fare con tutta la faccenda. Capisce, senza dubbio mi mette in una brutta situazione essere in grado di introdurmi nell'appartamento quando volevo perché tutt'a un tratto avevo la chiave, per non parlare del fatto che non ci sono testimoni a provare che ero dove ho detto di essere, a casa, la notte in cui monsieur Charles è stato assassinato, perché quel brutto egoista mulatto ha deciso di azzuffarsi con me e schizzare fuori di notte dentro le strade di Parigi.

26

Ho continuato a pensare a mademoiselle Agnès per tutto il tempo in cui sono rimasto seduto al cinema ad aspettare che la ragazza con le scarpette rosse impazzisse e saltasse giù dalla balaustra della ferrovia, e la sua follia, per me, era come un treno senza conducente, non si sarebbe mai fermato per niente o nessuno finché non avesse urtato qualcosa.

Capisce, io sapevo che lei, mademoiselle Agnès, intendo, era anche una buona amica del senhor Ponte, c'era qualcosa di *méchant* in lei, che è quello che dite voi francesi, avvocato, per intendere molto più che cattivo, quasi malvagio, giusto? Non che mademoiselle Agnès fosse malvagia, era solo molto più che cattiva. Ho scoperto che mademoiselle Agnès e il senhor Ponte erano amici quando ho dato una mano al cocktail party del senhor Ponte. Il senhor Ponte mi ha chiesto di servire da bere poiché una dozzina di persone o giù di lì sarebbero andate nel suo appartamento e io ho detto che andava bene purché i cocktail non fossero troppo complicati, voglio dire, che ne so io dei cocktail? Io che l'unica cosa che sapevo fare era bere direttamente dalla bottiglia di qualunque cosa mi capitasse a tiro? Be', lui ha detto che non dovevo preoccuparmi, che non ci sarebbero stati cocktail, solo champagne e vino e forse un gin-tonic se qualcuno lo voleva, perciò non dovevo preoccuparmi, non si aspettava che di punto in bianco diventassi un barman professionista.

Capisce, è stato allora che monsieur Charles ha incontrato mademoiselle Agnès per la prima volta. Monsieur Charles era stato invitato perché conosceva madame Gregory e madame Gregory era stata invitata perché, come ho detto, era innanzitutto un'amica del senhor Ponte. C'erano anche altre persone, ma non gente che conoscessi o avessi visto prima, uomini e donne dall'aria distinta, tutti molto importanti, mi ha detto il senhor Ponte, il che mi rendeva nervoso ogni qual volta dovevo offrirgli lo champagne dal vassoio d'argento che dovevo usare. Avevo i guanti bianchi e una giacca bianca dalle spalline con la spighetta dorata, la giacca era un po' troppo grande per me, le maniche troppo lunghe ma, a parte quello, ho fatto un buon lavoro e non ho rovesciato niente, e quando non servivo i drink offrivo tartine e anacardi a tutti.

Era venuto anche mister Penfold, perché era un amico di madame Gregory e madame Gregory voleva che venisse perciò l'aveva invitato, lei è fatta così, madame Gregory, a Parigi fa quello che vuole e nessuno le dice niente, a parte la polizia. Mister Penfold mi ha messo più a mio agio, burlandosi della mia giacca e della spighetta dorata e dicendomi che adesso ero decisamente troppo importante per stirargli le camicie, per come si erano messe le cose probabilmente sarebbe finito lui a stirare le mie, di camicie, e mi ha fatto ridere, cosa che in realtà non avrei dovuto fare.

Stavo giusto per andare dal senhor Ponte a domandargli dove teneva il whisky per mister Penfold, quando l'ho visto presentare mademoiselle Agnès a monsieur Charles. Il senhor Ponte teneva la mano di mademoiselle Agnès e sembrava essere in intimità con lei mentre lo faceva, sembravano una coppia, il senhor Ponte e mademoiselle Agnès, capisce, io non avevo mai visto mademoiselle Agnès prima e ho solo ipotizzato che avesse rapporti con il senhor Ponte, in un certo modo sembravano ben assortiti, quei due, in quanto a fascino. Mademoiselle Agnès era molto seducente, con un abito nero attillato, i tacchi alti e il rossetto rosso e sorrideva come sorrideva sempre, come a mettersi in posa per la foto. Me lo ricordo bene, ha guardato verso l'alto in modo astratto mentre monsieur Charles la baciava su entrambe le guance e poi è tornata a sorridere quando si è scostata. Monsieur Charles, da parte sua, è parso molto attratto da lei, a dir la verità è quasi arrossito mentre la guardava, il che a pensarci è davvero sorprendente, perché di norma è uno molto controllato, distaccato e distante. Mademoiselle Agnès era radiosa, sembrava che monsieur Charles le piacesse quanto lei piaceva a lui, erano un'accoppiata buona quanto mademoiselle Agnès con il senhor Ponte, se non meglio. Forse sto esagerando, o forse sarà che ripenso a quel che è successo, ma sono certo che lei capisca com'è quando due persone si incontrano e sanno di essere fatte l'una per l'altra, avvocato, come Raimundo e io quando Raimundo mi ha aiutato a piegare le lenzuola nella lavanderia a gettoni.

Orbene, di certo quella sera non avevo tanto tempo da mettermi a guardare la gente che si conosceva, stavo lavorando, dovevo assicurarmi che tutti avessero il bicchiere pieno e gli anacardi e tutto quanto, non so se sia importante o meno ma lei mi ha detto di raccontarle tutto esattamente come è successo ed è quello che sto cercando di fare. Non so per certo se il senhor Ponte avesse rapporti con mademoiselle Agnès prima che mademoiselle Agnès si mettesse con monsieur Charles, l'ho solo percepito nel modo in cui il senhor Ponte le teneva la mano. Non so se mademoiselle Agnès sia mai stata davvero innamorata di monsieur Charles, sembrava sempre così calcolatrice. E ancora non capisco tutta la faccenda del denaro contante nelle scatole da scarpe in fondo all'armadio del senhor Ponte. Tutto quel che so è ciò che ho visto e per me questa è la verità, perché la verità esiste, come la luce, è solo che certe volte ti deve proprio abbagliare per riuscire a vederla come si deve.

27

Qualunque tipo di follia avesse la ragazza, si è ripetuta, così lei si è buttata per la seconda volta e fine della storia. Seduto da solo nella platea, anch'io mi sono sentito cadere, cadere di nuovo nella realtà. Capisce, per un momento avevo completamente scordato il bidone e monsieur Charles, ero stato distratto dal film e quando è finito ho provato un terribile senso di smarrimento, smarrimento e solitudine, che è quello che provo adesso mentre siedo all'orribile tavolo con "merda" sopra, parlando di continuo al registratore e chiedendomi quando potrò riaprire gli occhi e dire a me stesso che è stato tutto un sogno.

Quello che mi ha colpito mentre uscivo è stata la luce, perché erano solo le cinque del pomeriggio e fuori era chiaro come non mai. Ed eccolo là, il bidone, dietro al cubicolo esattamente dove l'avevo lasciato io, ma con un paio di pantaloni sopra. Marie era là nel gabbiotto e mi ha chiesto se il film mi fosse piaciuto e io le ho detto che pensavo che la seconda volta fosse persino meglio. Le ho domandato dei pantaloni e lei mi ha spiegato che madame Trenet, la portinaia della porta accanto, aveva chiesto cosa ci facesse lì la pattumiera e lei le aveva raccontato di avere un amico che stava raccogliendo abiti per la carestia in Africa, così madame Trenet era andata a casa ed era tornata con un paio di pantaloni del marito. Madame Trenet aveva detto a Marie che riteneva vergognoso che i francesi non donassero di più in beneficenza, che la gente nera aveva bisogno di cibo esattamente quanto quella bianca, suo marito comunque non aveva mai gradito il taglio di quei pantaloni, aveva sbagliato ad acquistarli, il negozio non li avrebbe ripresi perché lui aveva perso lo scontrino, quindi lei non vedeva nessun motivo per cui un africano non avrebbe dovuto averli, se gli fossero entrati. Bene, ho ringraziato Marie e le ho chiesto di ringraziare madame Trenet da parte mia quando l'avesse vista e sono andato al bidone e ho tirato su i pantaloni per guardarli, mi è sembrato che fossero larghi abbastanza per due persone, ma due persone basse. Marie ha pensato che fosse molto divertente ed è scoppiata a ridere, il che ha fatto ridere anche me, era la prima volta che ridevo in tutto il giorno e mi ha fatto sentire meglio mentre piegavo i pantaloni e li infilavo nel bidone, aprendo il coperchio lontano da Marie in modo che non ci vedesse dentro monsieur Charles a testa in giù.

Marie mi ha chiesto dove sarei andato adesso e io ho risposto che non ero molto sicuro, pensavo che forse sarei potuto scendere verso Saint-Germain dove vivevano quelli più ricchi, ero certo che avessero abiti che non gli servivano più, visto che indossavano completi nuovi ogni anno. Marie pensava che fosse una buona idea e io ero contento di avere una scusa adesso per spiegare cosa ci facevo con il bidone mentre mi facevo strada lentamente ma con sicurezza verso il fiume. Vedevo un sacco di gente radunarsi sull'angolo di fronte e mi domandavo cosa stessero facendo, in realtà la strada sembrava più affollata del solito, ma non capivo perché e non capivo quale fosse il senso di tutta quella folla. Poi ho cominciato a sentire della musica, prima una chitarra, poi il rullo di alcuni tamburi.

Cosa succede, Marie? È un concerto?
Non sai che giorno è?
È il giorno più lungo dell'anno, giusto?
Giusto. La *Fête de la musique*.

28

La *Fête de la musique*! Me n'ero completamente scordato. Ma allora ecco perché in città quel giorno l'atmosfera era diversa! Mi è sembrato che il mio cuore si fermasse per un attimo, tutta quella gente a ogni angolo di strada ad ascoltare musica e ballare non avrebbe certo reso più semplice la situazione di emergenza in cui mi trovavo io, giusto? Mentre prima ero preoccupato che non sarebbe stato buio fino a molto tardi, essendo il giorno più lungo dell'anno, adesso sapevo che le strade e i viali e persino l'argine del fiume sarebbero stati zeppi di gente fino a molto, molto più tardi, magari fino all'alba, fino a che tutti non avessero smesso di suonare e non fossero tornati a casa, perché a tutti era permesso suonare musica, che fosse bella o brutta o rumorosa o di qualsiasi tipo, non importava, andava bene tutto, lo ricordavo dagli anni precedenti e sapevo cosa sarebbe successo e non erano per niente buone notizie, Felipe! E tutto ciò cosa implicava per me, con il bidone e monsieur Charles, se non il fatto di dover vagare e vagare in attesa di rimanere solo quanto bastava a far scivolare monsieur Charles nel fiume sperando che nessuno urtasse e rovesciasse me o il bidone?

Ero stordito, sì, sotto shock, non sapevo cosa fare, e in quell'istante mi venne in mente un'altra cosa proprio mentre me ne stavo lì fuori dal cinema e cominciavo a sentirmi meglio riguardo a ciò che stavo facendo e a dove stavo andando dopo aver riso con Marie per i pantaloni; non riuscivo a credere di averlo scordato, voglio dire, ci si aspettava che io fossi davvero al lavoro, a lavorare per qualcuno, quel pomeriggio! Dopotutto era un venerdì pomeriggio proprio come tutti gli altri, e questo significava che sarei dovuto andare da mister Penfold come sempre, senza sgarrare, fino a quel venerdì, per via di tutto quello che stava succedendo e il fatto di dovermi sbarazzare del cadavere e di non essere riuscito a pensare a nient'altro finché Marie non aveva detto che era la *Fête de la musique*, che per qualche motivo mi aveva fatto pensare a mister Penfold per via dell'anno prima, quando mister Penfold mi disse che quello che proprio lo irritava della *Fête de la musique* era tutta quella gente che cercava di suonare la chitarra elettrica, era come sentire delle unghie che raschiano sulla lavagna, penso che abbia detto così, sì.

Capisce, non avevo mai e poi mai dato buca a nessuno prima, era questo che mi infastidiva, mi ero sempre fatto un vanto della mia professionalità e affidabilità, che è ciò che mi ha insegnato mio padre, so che di per sé non era troppo grave, ero sicuro che mister Penfold avrebbe capito, solo che sconvolgeva me, non ero mai arrivato in ritardo tranne una volta dal senhor Ponte per via dell'allarme della sveglia e non avevo mai saltato il lavoro per nessun motivo, comunque mi sentissi, che avessi un raffreddore o non mi sentissi bene in generale o Raimundo mi avesse tenuto sveglio di notte per inveirmi contro, sbraitare e schizzare fuori di notte dentro le strade di Parigi.

Ebbene, dovevo proprio chiamarlo, e in quell'istante, subito. Marie aveva detto che potevo usare il telefono nel suo gabbiotto, avrei potuto tornare al Le Sporting ma lei ha insistito, era il suo secondo favore del pomeriggio ed era molto gentile da parte sua, ma a causa del nervosismo e di una vaga sensazione di panico non ho fatto il numero giusto e mi ha risposto un idraulico e quando mi ha chiesto di che genere di lavoro di idraulica avevo bisogno gli ho detto che riuscivo a fare tutto bene da solo, incluso il raccordo a U, non c'era nessun bisogno di chiamare un idraulico per un lavoro tanto semplice, così lui mi ha risposto, ma allora perché hai chiamato? Allora ho riprovato di nuovo, e poi di nuovo, ma per qualche motivo continuavo a fare il numero sbagliato e intanto la gente faceva la fila per lo spettacolo successivo di *Scarpette rosse* perciò oserei dire che Marie cominciava a irritarsi alquanto per tutta la faccenda, poi ha risposto ancora l'idraulico ed era molto arrabbiato con me, ha minacciato di chiamare la polizia perché era convinto che stessi cercando di importunarlo di proposito, il che non era vero, naturalmente, e oserei dire che per Marie stava diventando difficile concentrarsi a vendere i biglietti con me che facevo tutte quelle telefonate, a quel punto avevo capito di aver scordato quale fosse di preciso il numero di mister Penfold, credevo che fosse 40 42 66 86 ma non lo era, così ho deciso di riprovarci più tardi, voglio dire, non lavorare per mister Penfold quel pomeriggio era un conto ma non dirgli nemmeno che non ce l'avrei fatta ad andare era un altro, ma nessuna di queste due cose era brutta come la situazione d'emergenza in cui mi trovavo riguardo a monsieur Charles, perciò mi sono limitato a lasciar perdere per il momento e ho ringraziato Marie per quello che aveva fatto per me, intendo dire, non volevo mettere nei guai anche lei facendo tutte quelle chiamate mentre cercavo di ricordare quale fosse il numero di mister Penfold. Marie era sempre più impegnata perché c'erano sempre più persone in coda per i biglietti, non volevo che la gente si avvicinasse troppo al bidone e sapevo di dover uscire in fretta, ma non sarei riuscito a trascinare di nuovo il bidone sulla strada con tutti lì in piedi tra me e il marciapiede, perciò ho aspettato pazientemente vicino al bidone che tutti pagassero i biglietti ed entrassero in sala. È stato allora che è arrivato il capo di Marie, perciò, per il bene di Marie, sono stato contento di aver smesso di fare telefonate, sembrava molto formale e non particolarmente felice di vedermi lì in piedi con il bidone.

Cosa stai facendo con una pattumiera nel mio cinema?, ha chiesto a Marie.

Non è una pattumiera, monsieur, ha replicato Marie. È del mio amico, sta raccogliendo abiti per la carestia in Africa.

Be', forse dovrebbe andare a raccoglierli da qualche altra parte.

29

A quel punto, ho ringraziato Marie per tutto e le ho detto addio, avevo la sensazione che non l'avrei mai più rivista, che è una sensazione stranissima da provare e mi ha spaventato, o forse era solo perché c'era la *Fête de la musique* e io stavo per rimanere da solo in una città piena di musica terribile, non che la musica sia terribile di suo, è solo che non tutti dovrebbero suonarla solo perché gli è permesso di farlo, voglio dire, immagini cosa succederebbe se a tutti fosse permesso di fare tutto quello che gli piace, sarebbe il caos, no?

Ebbene, non c'era niente che potessi fare al riguardo, niente che potessi fare riguardo a niente, ho pensato mentre trascinavo il bidone lungo quel che restava di rue des Écoles verso boulevard Saint-Michel. Il traffico sul viale stava aumentando, la gente usciva presto dal lavoro e quelli che montavano gli strumenti e gli altoparlanti stavano già causando un ingorgo. Ho deciso di attraversare il viale e prendere le stradine più tranquille sull'altro lato, quelle che portavano al teatro e al *Jardin du Luxembourg,* non che volessi entrare nei giardini, non con il bidone, voglio dire, lì non ti lasciano neanche fare una fotografia, come quella volta che ero in piedi di fianco allo stagno rotondo di modo che Raimundo potesse scattarmi una fotografia e il custode ci ha detto di andarcene subito. Ho pensato che avrei potuto girare intorno ai giardini, attraversare la piazza del teatro e poi scendere lungo la strada come-si-chiama che porta a Saint-Sulpice e poi continuare fino alla grossa chiesa dove ci sono gli affreschi di Delacroix e svoltare a destra su rue Mabillon e oltre, così da poter attraversare di nuovo il boulevard Saint-Germain verso nord, ovvero verso il lungosenna. Ammesso di arrivare fin lì sano e salvo, la mia idea era di fermarmi all'Alabama perché ho pensato che Jésus Enrique avrebbe potuto aiutarmi, ero sicuro che sarebbe stato lì, dopotutto un albergo significa un mucchio di gabinetti, lavorava tutto il giorno e non finiva prima del tardo pomeriggio. Forse avrei potuto lasciare lì il bidone e prendermi una pausa, non lasciarlo nell'atrio, ovviamente, ma forse in quel locale di fianco in cui tenevano i bidoni veri, lasciarcelo per un momento, cioè, per riprendere fiato. Per allora magari avrei ricordato il numero di telefono di mister Penfold e sarei riuscito a chiamarlo. L'altro vantaggio di andare lì, in quel quartiere, era che il Bar Bossa, dove lavorava Raimundo, era proprio dietro l'angolo, così se fosse stato possibile lasciare il bidone tra gli altri bidoni all'Alabama, avrei potuto fare due passi fino al bar e chiedere a Raimundo di aiutarmi, me lo doveva, perché qualunque cosa fosse successa si prospettava una lunga nottata, e stare da solo per tutto il tempo non l'avrebbe mica resa meno lunga, con tutta la musica, i gruppi pop, i rapper e tutti quelli della periferia a riempire le strade e cantare e andare su di giri fino a chissà che ora della notte, o della mattina.

Mentre me ne stavo lì impalato all'angolo tra rue des Écoles e il viale ho cominciato a rendermi conto di non essere più invisibile come quando facevo le pulizie, ero parecchio lontano da quella dimensione ora, ero diventato fin troppo visibile, ero qualcuno che si vedeva, più passava il tempo più gente mi guardava, in realtà sembrava che tutti stessero guardando me, quando lavoravo potevo entrare in una stanza dove qualcuno faceva qualcosa, anche di molto personale, e quella persona non si accorgeva di me; adesso invece ero una specie di gigante, ero al centro dell'attenzione, mentre prima ero stato un nano, anche meno, proprio niente in verità, un braccio che teneva un aspirapolvere, una mano con uno spolverino, un viso inerte e indifferente agli andirivieni e ai gesti di chi mi pagava per pulire al posto suo, adesso avevo smesso di essere un domestico personale, il mio lavoro mi era stato strappato e la mia vita era cambiata, perché difficilmente si può considerare lavoro sbarazzarsi di un cadavere facendolo scivolare nella Senna, non è un lavoro, non è un impiego come lo intendevo io, e di certo non è pulire, è un atto, un atto criminoso, ovviamente, anche se tanto per cominciare non ho ucciso io quel cadavere. Quindi è così che gli emarginati, i criminali e i drogati si muovono tra noi, sentendosi visibili per i loro reati, aspettando il momento in cui una mano li afferrerà per la spalla e due manette stringeranno i loro polsi, e la tremenda verità era che ero diventato uno di quella risma, avevo attraversato la linea che separava le pulizie personali dalla criminalità, non che l'avessi mai voluto, io un semplice filippino senza permesso di soggiorno che non aveva mai fatto niente di davvero sbagliato nella vita a parte pensare di essere una ragazza, non che a nessuno che abbia incontrato fosse mai sembrato importare, non che qualcuno l'abbia mai ritenuto davvero sbagliato, per quanto mia cugina Conchita, la figlia di tio Juan e tia Julia, una volta ha detto che non potevo essere una ragazza perché non è normale.

Ebbene, come dicevo, visto che avevo oltrepassato da un pezzo il punto di non ritorno, cosa potevo fare a parte andare avanti, e nel frattempo scorrere una serie di numeri di telefono nella testa per provare a ricordare quale fosse esattamente quello di mister Penfold? Ho attraversato il viale, trascinando il bidone sopra il bordo e sul marciapiede e così via fino al teatro e poi su per la traversa che taglia rue Monsieur Le Prince, avanzando senza fermarmi finché non ho raggiunto la piazza. Faceva ancora caldo, pur essendo quasi le sei, e, anche se tenevo il bidone nell'angolazione speciale, era una bella fatica per via della pendenza. La gente mi guardava ma non diceva niente, si limitava a superarmi per andare a fare qualunque cosa normale stesse andando a fare.

Una volta arrivato alla piazza, mi sono fermato accanto al teatro e sono rimasto lì, ad asciugarmi il sudore dalla fronte. C'era una specie di corridoio, ma esterno, fatto con delle colonne, e ho trascinato il bidone nell'ombra che produceva e mi sono seduto su una sporgenza, sempre tenendo l'impugnatura del bidone per sicurezza, perché c'era un uomo, un *clochard* steso in un angolino, dentro un sacco a pelo. Ero troppo stanco per muovermi e non mi sentivo minacciato da lui, perché in un certo senso era come me, un emarginato. Dopo un po', l'uomo si è voltato verso di me e ha sorriso. E poi ha detto:

Cos'hai lì dentro, figliolo? Un cadavere?

30

Stanotte ha piovuto mentre io giacevo qui, da solo, nella mia cella. Ho udito una sirena che da lontano si faceva sempre più forte e poi svaniva poco per volta, ma tanto gradualmente che il suo svanire era quasi impercettibile, come se il suono non dovesse finire mai. Ma alla fine se n'è andata, e il mio cuore con lei. Non so come uno scrittore descriverebbe il suono di quella sirena. Come lo descriverebbe mister Penfold? Non gemeva né urlava né strideva, come si legge nei libri. Non era cruda né lacerante. Era solo quello che era, panico in movimento. Il panico di un'emergenza, il panico di tutta la mia agonia. E stranamente mi ha confortato, non so perché all'improvviso mi sono sentito al sicuro, come se qualcuno mi avesse sentito e mi avesse risposto, come se la mia sofferenza fosse stata trasferita a qualcun altro, da qualche parte. La pioggia cadeva e produceva rumori diversi, cambiando tonalità via via che passava il tempo, dal rumore di un esercito in marcia al rumore di chi si siede su una poltrona di cuoio consunta, fino a spegnersi lentamente nel nulla. La pioggia di stanotte era per tutti, tutti potevano sentirla, da dovunque provenisse, e per quanto da lontano potesse arrivare, univa gli uomini in un buio brillante, così che noi che languivamo qui e altri che forse si abbracciavano, da qualche parte, nella notte, per un istante siamo diventati uguali, ascoltando lo stesso suono e meravigliandocene.

Eccomi seduto qui a questo orribile tavolo con "merda" sopra, a ricordare. Il barbone ha sorriso mentre parlava e io sono rimasto lì impalato, perché quando mi ha chiesto se avessi un cadavere nel bidone ero convinto che sapesse la verità, che in qualche modo nell'aura della sua ubriachezza riuscisse a vedere attraverso gli oggetti e le persone. Di certo era ubriaco, come capitava a me quando mi ritrovavano nelle cunette, eppure c'erano saggezza e gentilezza nel modo in cui mi guardava.

Più che altro vestiti, è stata la mia risposta.

Lui ha sorriso di nuovo e mi ha offerto la bottiglia che aveva in mano. Era vino comune e la bottiglia era di plastica e mezza vuota. Ti va un goccio?, mi ha chiesto.

Mi aveva quasi ipnotizzato con quel suo sguardo fisso e, senza rendermene conto, ho preso la bottiglia. Ho bevuto un goccio, un goccio soltanto, poi gli ho restituito la bottiglia. Ma lui aveva chiuso gli occhi e si era ritirato nella sicurezza dei suoi sogni. Io sentivo il vino inondarmi tutto il corpo, ne avevo preso solo un goccio minuscolo eppure mi sentivo rinvigorito e diverso. Gli ho messo accanto la bottiglia e mi sono alzato. E poi sono ripartito, attraverso la piazza e giù per la strada, era più facile adesso perché era in discesa, più che trascinare il bidone ho permesso a lui di trascinare me, era come se monsieur Charles mi stesse conducendo da qualche parte, come se fossi io il morto, semplicemente tirato dalla mano di un altro verso il luogo del mio eterno riposo, il fiume, le profondità di un profondissimo mare.

Giunto ai piedi della collinetta, ho girato a sinistra in rue Saint-Sulpice, il terreno adesso era pianeggiante perciò dovevo trascinare di nuovo il bidone, ma era facile finché lo tenevo nell'angolazione speciale, non c'era così tanta gente da mettermi in difficoltà, solo una o due ricche signore con le borse degli acquisti e alcuni giovani che ridevano davanti a un negozio all'angolo di rue de Tournon. Ho guardato giù verso il boulevard Saint-Germain, riuscivo a vedere un folto gruppo di persone che si radunava lì, sentivo la musica che proveniva da una band sistemata ad angolo e sentivo anche la musica che proveniva da una band più in là, in piazza Saint-Sulpice, e ho continuato a tirar dritto, cercando per tutto il tempo di ricordare il numero di mister Penfold e domandandomi se avrei dovuto cercare di richiamarlo, in caso ne avessi avuto la possibilità. Forse, se Jésus Enrique si trovava ancora lì una volta arrivato in albergo, avrei potuto fargli sorvegliare monsieur Charles mentre io andavo a comprare una scheda telefonica e usavo una cabina o, meglio ancora, avrei potuto nascondere il bidone tra gli altri bidoni, quelli normali, nel locale accanto all'albergo, cosa che per un po' mi avrebbe lasciato libero di fare quel che volevo, cioè di fare ciò che andava fatto.

Non volevo andare in piazza Saint-Sulpice, sembrava gremita e riuscivo a vedere due gendarmi vicino alla fermata dell'autobus, cosa che mi atterriva. Ho girato a destra e mi sono diretto verso rue Mabillon. Dovevo riattraversare al più presto il boulevard Saint-Germain, avvicinarmi al fiume. Era già passato un sacco di tempo e mi sembrava di non aver fatto nessunissimo progresso. Ma perlomeno non ero stato ancora catturato, la cosa essenziale era quella.

31

No, non mi avevano catturato, ero ancora libero, libero come può esserlo chiunque trascini un bidone a zonzo per il centro di Parigi, con dentro un morto messo a testa in giù, mentre tutto intorno gli parte la *Fête de la musique.*

Riuscivo a sentire gli effetti del vino nel corpo e nel cervello, era un vino che non valeva niente, sarà costato dieci franchi a bottiglia, d'accordo, ma per me era un elisir, il vino migliore che sia mai stato prodotto. Mi sentivo euforico e in gran forma, confortato da quel goccio, sapevo che non era una buona idea ricominciare a bere, lungi da me pensarci, ma non avevo nessuna intenzione di farlo ancora, di continuare a bere, per quanto mi riguardava il goccio era stata una misura d'emergenza per una situazione d'emergenza e finiva lì, mi aveva aiutato a sopportare le cose e la lunga notte che avevo davanti, perché tutto quel che sapevo, se mai avevo saputo qualcosa, era che sarebbe stata una lunga notte. Inoltre, come avrei potuto rifiutare? Era un segno, il *clochard* nel sacco a pelo aveva due occhi che vedevano tutto, potevano vedere nel futuro, era il mio angelo custode, il mio santo patrono, rifiutare sarebbe stato un atto contro natura. E chi ero io per affermare che non sarei mai riuscito ad accontentarmi di un bicchiere? Molte persone lo facevano, come quelle allo Sporting e in altri locali, non c'era motivo per cui io dovessi per forza ricominciare senza più smettere e solo per via di un unico goccio di vino dozzinale, no? Ero più vecchio e più saggio dell'ultima volta, ero dieci anni, tre mesi e otto giorni più vecchio e più saggio, dunque si trattava solo di dire che era stato un buon goccio e mi aveva aiutato ma basta così, grazie, Felipe non ha bisogno di fare altri sorsi.

Avevo già lasciato rue Saint-Sulpice e stavo scendendo quella via che porta a rue Mabillon, superando il vecchio mercato che hanno trasformato in una galleria di negozi d'abbigliamento. Ovunque guardassi mi sembrava di vedere negozi d'abbigliamento, ricordo di essermi chiesto come facesse la gente a trovare qualcosa da mangiare da quelle parti. Sapersi vestire a Parigi ha molta importanza, certe donne sono curatissime e alla moda, suppongo che per loro i vestiti siano persino più importanti del cibo, e in un certo senso immagino che sia così, ma tutti dobbiamo mangiare ogni tanto, per quanto alla moda possiamo essere. Il che mi ha ricordato una cosa. Ero affamato. Non avevo mangiato nulla per tutto il giorno, non avevo neanche fatto colazione perché mi ero addormentato solo alle sei del mattino dopo la litigata con Raimundo e al risveglio mi ero ritrovato ad avere appena quindici minuti per vestirmi e precipitarmi a casa di monsieur Charles. E adesso tutt'intorno a me c'erano negozi di vestiti ma niente da segnalare in campo alimentare. Avrei potuto aspettare di arrivare all'Alabama e incontrare Jésus Enrique, forse lui mi avrebbe recuperato un tramezzino, o potevo recuperarmelo da solo se lui mi guardava il bidone.

Mentre entravo in rue Mabillon vedevo sempre più gente. Adesso era quasi sera e sempre più gruppi si preparavano a suonare, così che in pratica c'era una band a ogni angolo di strada. E per ogni gruppo arrivava un nuovo capannello di persone. Il traffico stava rallentando sempre più, la gente si riversava sulle strade e io ero contento di aver appena bevuto quell'unico goccio di vino dozzinale, perché stava diventando sempre più difficile gestire il bidone tra le automobili e la gente, le auto bloccate nel traffico e le altre parcheggiate ovunque ci fosse posto, così che non c'era neanche un angolino per passarci in mezzo, e la gente o suonava musica o la ascoltava, tanta gente quanta non ne avevo mai vista prima a quell'ora del giorno, e man mano che avanzava la sera poteva solo andar peggio, su quello non avevo dubbi.

Sono riuscito ad attraversare il boulevard Saint-Germain fino all'incrocio che mi ha portato in rue de Buci, e ho trascinato il bidone giù per la strada davanti a un'auto che stava procedendo lentamente nel traffico, poi ho abbandonato rue de Buci e ho imboccato il pezzo di rue de Seine dove c'è il mercato. E finalmente ecco lì l'Hotel Alabama.

32

Mi sono fermato davanti all'albergo e ho messo il bidone vicino all'ingresso. Con mio grande sollievo, la prima persona che ho visto attraverso la porta a vetri è stata Jésus Enrique. Mi dava le spalle, era in ginocchio a lucidare i bordi di ottone dei gradini, strofinando talmente forte con lo straccio che non avrei potuto confonderlo con nessun altro, voglio dire, quando Jésus Enrique pulisce qualcosa lo fa con tutti i crismi, puoi specchiarti su una parete piastrellata dopo che c'è passato lui. Ho bussato sulla porta e lui si è voltato verso di me e si è indispettito. Poi ha interrotto quello che stava facendo ed è venuto ad aprire. Era ancora indispettito, sa, non è una buona idea interromperlo quando è a metà di qualcosa, di norma non lo farei mai, ma si trattava di un caso particolare, per via dell'emergenza e tutto quanto.

La prima cosa che mi ha chiesto è stata cosa ci facessi con indosso gli abiti che avevo indosso. Jésus Enrique è bravissimo a pulire ma non è molto bravo a trattare con la gente, che è uno dei motivi per cui non avevo cercato di mettermi in contatto con lui prima, a essere sincero Jésus Enrique e io non andiamo granché d'accordo su molte cose. Be', io gli ho semplicemente detto che non ero di servizio, sapevo che si sarebbe scandalizzato se avesse saputo che arrivavo dalle pulizie domestiche a casa di qualcuno con indosso una camicia a fiori e un sarong.

Poi ha voluto sapere cosa ci facessi con quel bidone. Stavo cominciando ad abituarmi al fatto di doverlo spiegare. Sa, un'altra cosa tipica di Jésus Enrique è che sta sempre a fare domande, nessuno gli ha mai spiegato che una conversazione non è fatta sempre e solo di domande, anche quando l'altra persona fa una domanda lui risponde sempre e comunque con un'altra domanda, è proprio il suo modo di fare, come la sua abitudine di infastidirsi per qualunque cosa. Io avevo già deciso di raccontargli quello che avevo raccontato a Marie, dire che stavo raccogliendo abiti per la carestia in Africa sembrava la mossa più sicura, ma Jésus Enrique non mi credeva, un'altra sua caratteristica è che non crede mai a quello che gli dice la gente, che magari è il motivo per cui sta sempre a fare domande e pure il motivo per cui è da solo la maggior parte del tempo.

Jésus Enrique in realtà è un parente lontano, un cugino di secondo o di terzo grado, vale a dire che è primo cugino dello tio Juan. Quando ero piccolo non ho mai incontrato Jésus Enrique perché si era già trasferito a Parigi, il fatto è che quando non sapevo cosa fare dopo essermi salvato dalle cunette e aver smesso di bere, tio Juan ha suggerito che andassi a Parigi, ha detto che Jésus Enrique avrebbe badato a me, ed era vero, Jésus Enrique ha badato a me all'inizio, ma non sembrava molto contento di me, non che sembri mai contento di qualcuno, è proprio fatto così, lui. Tio Juan mi ha raccontato che una volta si era innamorato e io ho sempre pensato che non si sarebbe innamorato mai più, o non sarebbe stato amato mai più, penso che alcune persone siano fatte così, rinunciano alla vita perché rinunciano all'amore. Ho sempre voluto dirgli, adesso basta, Jésus Enrique, ma era inutile, dopotutto eravamo una famiglia, ma alla fine passavo solo di tanto in tanto a salutare e a vedere come stava, senza che lo capissi davvero. Chi sa cosa pensa e prova davvero la gente, tutti indossano una maschera per nascondere i loro veri sentimenti, è questo che è il volto, una maschera, non una finestra, è sempre stato così e sempre lo sarà, come disse Shakespeare.

Jésus Enrique sembrava un po' nervoso a stare lì impalato, il direttore dell'albergo poteva vederci parlare, di certo non volevo metterlo nei guai ma quando mi ha fatto cenno di entrare, fuori dalla visuale del direttore, gli ho detto che non potevo lasciare il bidone incustodito, ché in realtà mi trovavo in una specie di situazione d'emergenza, tra una cosa e l'altra avevo avuto una giornata difficile e non potevo separarmi dal bidone a meno che non fosse al sicuro e sottochiave da qualche parte.

Jésus Enrique proprio non capiva l'idea di raccogliere abiti per una carestia e mi ha chiesto perché non raccogliessi cibo se gli africani erano affamati, i vestiti erano sempre utili ma in Africa faceva parecchio caldo e probabilmente erano già abbastanza vestiti così. Inoltre, ha detto che poteva anche darsi che i vestiti francesi non fossero quello di cui avevano bisogno gli africani, per quanto ne sapeva lui gli africani tendevano a indossare indumenti molto semplici, come il sarong che portavo io, non che lui capisse perché indossassi un sarong mentre ero in giro per le mie faccende, ma insomma. Comunque sia non pensava che avrei avuto molto successo con la raccolta di vestiti, in base alla sua esperienza i francesi non avevano mai battuto nessun record mondiale di beneficenza, la mancia più grossa che avesse mai ricevuto lavorando nell'hotel era stata di dieci franchi dopo aver pulito la stanza di una persona per due settimane, il che significava molto meno di un franco al giorno, e cosa ci si poteva fare con un franco al giorno, a parte lanciarlo per aria e vedere se usciva testa o croce?

Gli ho spiegato che non era mica così importante che tipo di vestiti mi davano, in seguito li avrei venduti al mercato di Montreuil, che è la prima cosa che mi è saltata in mente di fare, e avrei spedito in Africa il denaro, ma allora lui si è indispettito ancora di più e ha detto che agli africani non li avrebbe aiutati neanche il denaro perché non c'era un tubo di niente che potevi acquistare in Africa, non è che puoi semplicemente fare un salto al supermercato quando hai bisogno di qualcosa, e, per di più, se ti limitavi a spedire soldi in quel modo non sarebbero mai arrivati alle persone giuste, sarebbero finiti solo a coprire le spese di persone che non se lo meritavano, che li avrebbero spesi per sé, per una bella cena o con qualche ballerina, questo era quello che ci avrebbero fatto, o forse si sarebbero comprati dei vestiti nuovi, così che tutto quello che avrei concluso sarebbe stato elemosinare vestiti alla gente, venderli e raccogliere denaro da spedire in Africa così che la gente che già aveva tutto quel che le serviva potesse comprarsi altri vestiti, come Imelda Marcos e le sue scarpe. No, per quanto lo riguardava, quando si trattava di denaro, vestiti e scarpe, i ricchi diventavano sempre più ricchi e i poveri sempre più poveri e nessuna quantità di denaro inviato avrebbe mai cambiato niente; lui, Jésus Enrique, era nato povero e sarebbe morto povero e l'unica speranza era vincere alla lotteria come quel ragazzo turco che prima lavorava al Café Armistice, ma che anche dopo averci messo le mani sopra, non aveva la minima idea di cosa fare con il denaro, proprio come probabilmente non lo sapremmo noi.

Non sarebbe sbagliato dire che Jésus Enrique ha una visione della vita piuttosto pessimista. Be', gli ho detto che se era per quello io non ero particolarmente interessato al denaro o ai vestiti o al cibo, non al momento, anche se ero un po' affamato, quello di cui avevo davvero bisogno era aiuto, l'importante era non parlare lì con la porta d'ingresso aperta e il direttore che continuava a guardarci, ma trovare un posto in cui mettere il bidone per un'ora o giù di lì perché avevo bisogno di fare una telefonata a mister Penfold e dovevo anche trovare Raimundo, il mio amico, che a sua volta poteva essere in grado di aiutarmi. Jésus Enrique ha detto che non potevo lasciare il bidone lì, all'ingresso dell'hotel, e non c'era nessun altro posto in cui metterlo, a meno che non l'avessi messo con gli altri bidoni, cosa che non era sicuro fosse permessa, adesso si stava indisponendo più che mai, al punto che ho cominciato a disperarmi.

Jésus Enrique, ho detto, questa è una situazione d'emergenza.

Si è indispettito un'altra volta. Poi ha acconsentito a mettere il bidone con gli altri nello sgabuzzino, dove sarebbe potuto restare fino a quando lui non avesse finito di lavorare, alle otto in punto.

33

Il direttore non ne sembrava molto contento, ma quando Jésus Enrique gli ha spiegato che ero un parente che raccoglieva abiti per l'Africa ha acconsentito, dicendo che era pronto a fare un'eccezione ma solo per un periodo limitato, il suo albergo non era un ente di beneficenza ma un'impresa, ha detto. Ha dato la chiave a Jésus Enrique e io ho spinto il bidone nello sgabuzzino accanto agli altri bidoni per la vera immondizia e dopo Jésus Enrique ha chiuso la porta a chiave, perciò monsieur Charles era al sicuro là dentro.

Ho ringraziato di cuore Jésus Enrique e ho detto che sarei tornato alle otto. Poi sono corso dal tabaccaio poco più in là ad acquistare una scheda telefonica e ho cercato una cabina libera da dove poter chiamare. Sa, avevo deciso di chiamare madame Gregory per farmi dare il numero di telefono di mister Penfold, perché conoscevo a memoria il numero di madame Gregory, 40 50 43 93, dato che era facilissimo da ricordare. Ho aspettato vicino a una cabina finché una giovane donna non ha finito di litigare con qualcuno per qualcosa, penso potesse essere il suo fidanzato perché ha continuato a ripetere, ma tu non mi ami più!, per tutto il tempo e a voce molto alta. Alla fine ha sbattuto giù la cornetta del telefono ed è schizzata fuori dalla cabina, sono sicuro dal modo in cui ha sbattuto la porta che stesse piangendo, ma in quel momento non avevo tempo di preoccuparmi per gli altri, ero preoccupato solo per me stesso, che era già abbastanza, intendo dire che non riuscivo a immaginare nessuno in una situazione peggiore di quella in cui mi trovavo io allora, con o senza amore, anche se in realtà penso che l'amore sia tutto, il che la dice decisamente lunga.

Ho composto il numero di madame Gregory e madame Gregory era in casa. Ha voluto sapere se andava tutto bene, sembravo un po' nervoso, ha detto, ma io le ho risposto che andava tutto bene, bene quanto ci si poteva aspettare, era solo che non riuscivo a ricordare il numero di telefono di mister Penfold e dovevo chiamarlo perché quel pomeriggio non potevo andare a lavorare per lui. Madame Gregory ha detto che le pareva piuttosto strano avvertirlo ora dal momento che erano già le sette di sera, ma ha risposto certamente e mi ha dato il numero. Mi ha chiesto se ero sicuro che andasse tutto bene e io ho risposto che andava tutto bene, benissimo, ma lei non mi credeva, e poi ha detto che non riusciva a trovare la fotografia di Suzanne Lenglen che di solito era in una cornice sul pianoforte. Io allora le ho ricordato che l'aveva rotta quando l'aveva fatta cadere l'ultima volta che ero stato lì, che dovevo portare una cornice nuova quando fossi andato il martedì successivo, e che mi aveva dato cento franchi per andare a ritirarla dal corniciaio e che avrei dovuto portarle il resto se ce ne fosse stato. Una volta che gliel'ho raccontato è sembrata più contenta, ha detto che le era passato di mente, capisce, Suzanne Lenglen era una delle prime campionesse di tennis, negli anni Venti; di lei, madame Gregory mi ha raccontato che non indossava mai un cappello e teneva le braccia scoperte, probabilmente è stata Suzanne Lenglen a inventare la tintarella, era una donna di grande stile, talento e fascino e ha sconfitto Helen Wills al Carlton Club nel 1926, partita a cui madame Gregory ha assistito di persona, la fotografia non ritraeva solo Suzanne Lenglen ma anche madame Gregory in piedi accanto a lei, da ragazzina, quindi, capisce, era molto importante per lei e l'unico motivo per cui si era rotta era che Madame Gregory l'aveva tolta dal pianoforte per mostrarmela, ma poi le era caduta di mano finendo per terra, come le ho detto.

Una volta risolto il problema della fotografia, madame Gregory mi ha chiesto come mai non potevo andare a lavorare da mister Penfold. Be', le ho detto, non stavo esattamente bene, proprio per niente, non mi sentivo molto bene, avevo la febbre, che era il motivo per cui stavo chiamando così tardi. Allora mi ha chiesto se avessi visto monsieur Charles, cosa che mi ha fatto fermare il cuore un'altra volta, qualcuno l'aveva chiamata all'ora di pranzo chiedendole se avesse sue notizie perché quel mattino si sarebbe dovuto presentare in tribunale. Ho risposto che ero stato troppo male per telefonare anche a lui ma che l'avrei fatto senz'altro per scusarmi di non aver chiamato prima, a essere sincero non sapevo cosa risponderle, me lo sono semplicemente inventato lì per lì, mi ha sorpreso il modo in cui l'ho fatto, era come se da qualche parte in me fosse scattato il pilota automatico a prendere i comandi per gestire la situazione, come se mentire fosse diventata la cosa più naturale al mondo.

Madame Gregory mi ha detto di prendermi cura di me e di cercare di rimettermi in fretta, forse mi ero strapazzato troppo con tutte le persone per cui lavoravo, non le risultava che mi fossi mai ammalato prima e dovevo riposare. L'ho ringraziata e poi sono semplicemente rimasto lì nella cabina, chiedendomi se avrei dovuto dire quello che ho detto e poi dicendomi, è troppo tardi adesso, Felipe. Poi ho chiamato mister Penfold, sa, alla fine non era un 6 ma un 8, non era 40 42 66 86 ma 40 42 86 86, è come dico sempre io, le cose è meglio scriversele, perlomeno adesso sentivo di stare facendo progressi, pur avendo scoperto da poco che la gente iniziava a chiamare per capire dove fosse monsieur Charles quando io sapevo che era stecchito e a testa in giù nel bidone per la differenziata, tra gli altri bidoni, nello sgabuzzino accanto all'Hotel Alabama.

Mister Penfold non c'era, o non rispondeva al telefono, che tutto sommato era anche meglio, così ho lasciato detto che mi dispiaceva di non essere andato a pulire l'appartamento quel pomeriggio e di non averlo chiamato per dirgli che stavo male. Poi ho messo giù, c'era un uomo che bussava sul vetro della cabina e sembrava arrabbiato che ci stessi mettendo tanto con le mie telefonate e, anche se dubitavo che le sue telefonate fossero anche solo lontanamente importanti quanto le mie, gli ho aperto la porta e ho chiesto scusa a bassa voce, il che non ha fatto una gran differenza visto che ha continuato a rimbrottarmi, chiamandomi checca. A quel punto sono tornato giù per rue de Seine a cercare Raimundo.

34

Il quartiere si stava facendo sempre più trafficato e la rue de Seine era piena di gente che faceva spese al mercato. Altri si erano riversati a Saint-Germain per la *Fête de la musique*, adesso c'erano gruppi musicali a ogni angolo di strada a suonare musica rock e musica rap e musica jazz e ogni altro tipo di musica, ma soprattutto la musica rock, che è fragorosa e molesta da sentire, proprio come ha detto una volta mister Penfold, che il congiuntivo e il rock and roll non vanno d'accordo.

C'erano vagonate di persone in ogni dove, perciò mi sono domandato come avrei fatto anche solo a trasportare monsieur Charles e il bidone per strada, figuriamoci poi giù per il fiume fino al punto che avevo scelto per gettarci monsieur Charles, sotto il ponte alle spalle di Notre-Dame che porta all'Île Saint-Louis. Ho semplicemente ipotizzato che avrei dovuto aspettare fino alla tardissima sera, almeno fino a dopo mezzanotte, perché se anche fossi riuscito a districarmi tra strade e lungosenna, dove sapevo che ci sarebbero state anche più persone, passare inosservato era il mio problema più grande, intendo dire che sarebbe sembrato molto strano, io in sarong a scaricare un cadavere nel fiume da un bidone, da qualunque parte la si guardasse.

Riuscivo ancora a sentire quel goccio di vino dozzinale, era un pensiero terribile, che mi gocciolava nelle vene, non era stato un grande goccio, ovviamente, ma mi aveva fatto sentire diverso, strano ed esaltato e ci pensavo un sacco mentre mi facevo strada attraverso la folla, svoltando a destra in rue de Buci e poi giù per rue Mazarine. Non ero mai stato al Bar Bossa prima ma sapevo, da quello che mi aveva raccontato Raimundo, che era sulla sinistra, non lontano dall'incrocio, mi aveva detto, perciò sono andato a vedere se riuscivo a trovarlo.

Mentre passeggiavo, nonostante tutta la gente mi sentivo leggero come una piuma, libero come un uccello, per la

prima volta dall'ora di pranzo non dovevo più preoccuparmi del bidone, ho pensato persino di scappare, lì su due
piedi, semplicemente scomparire da qualche parte, ma no,
come potevo fare una cosa simile? Non potevo mollare la
patata bollente a Jésus Enrique. Non sarebbe stato giusto.
No, era stato solo un pensiero transitorio, tutto lì, o una
sensazione, favorita dai postumi residui del vino dozzinale
che sapevo di aver bevuto più di un'ora prima, se non prima ancora, un'ora e mezza, ma che ancora mi stillava nelle
vene. Sapevo che avrei dovuto tornare indietro per il bidone e monsieur Charles, forse era quello il motivo per cui
era tanto piacevole non dover trascinare in giro il bidone,
per il momento ero proprio come tutti gli altri, relativamente normale, di fatto era come se un grosso peso mi
fosse stato levato dalle spalle. Potevo vedere l'insegna, Bar
Bossa, brillare fioca nella luce serale, e mi sono avvicinato
nervosamente, non sapendo cosa avrebbe detto Raimundo
o come sarebbe stato quando mi avrebbe visto. Mi
aiuterà?, mi chiedevo. O sarà ancora irascibile, come
quando mi ha picchiato ieri sera?

Ripensandoci adesso, trovo che tutto quello che ho fatto quel giorno avesse una sua logica ben precisa, ma, ovviamente, mentre lo stavo facendo continuavo a pormi domande e chiedermi se stessi facendo la cosa giusta. È quello che fai quando sei da solo con un segreto, ti poni domande per tutto il tempo. Essere soli può essere terrificante, ho già detto che comunque siamo tutti soli, ma a
volte siamo più soli di altre. Io non mi ero mai sentito tanto solo quanto quel giorno in cui Parigi era più affollata
che mai. Mi sentivo persino più solo di quanto mi senta
adesso, qui, in questo terribile luogo di agonia. Ma almeno

non devo continuare a pormi domande e prendere decisioni per tutto il tempo. Devo solo aspettare, perché non c'è niente che possa fare tranne raccontarle tutto esattamente come è successo, avvocato.

35

Raimundo era lì, lo vedevo servire a un tavolino. Ho guardato dalla vetrata e l'ho fissato come se fosse un estraneo, come se non avessi mai posato prima gli occhi su di lui. Lui non poteva vedermi. Non ero sicuro di poterlo disturbare, sembrava così chiuso nel suo mondo, così distante da me. Stava ridendo e servendo i drink e flirtando con la ragazza che lavorava lì come cameriera, anche lei brasiliana, ho sentito di invidiarla, non perché Raimundo ci stesse flirtando ma perché era una ragazza, una ragazza vera, mentre io sono solo un tizio che pensa di essere una ragazza. Raimundo sembrava molto interessato a lei e potevo capire la ragione, dato che era molto carina, e non c'è niente di più carino di una ragazza carina.

Il barista era indaffarato a preparare cocktail e piazzarli sul bancone, il locale era parecchio gremito e in un angolo c'erano alcuni musicisti che suonavano molto forte. Come potevo entrare dentro così, di punto in bianco? Raimundo sarebbe stato ancora scontroso, non mi avrebbe aiutato, in ogni caso non ero nemmeno sicuro di cosa volevo da lui, a parte condividere il mio segreto, era inutile, tutto ciò che avrei ottenuto sarebbe stato di metterlo in imbarazzo di fronte alla ragazza carina, cosa che l'avrebbe reso ancor più scontroso. Ma davanti all'egoismo e all'ottusità di Rai-

123

mundo mi sono fatto trascinare da un moto di rabbia, e così sono entrato.

Stava portando da bere a un tavolino quando mi ha visto e mi ha guardato con un'aria molto severa. Poi ha continuato a fare quello che stava facendo, servire i drink e tornare al bar. Io sono andato da lui e l'ho guardato negli occhi. E allora lui ha cominciato a farmi domande, a chiedere perché fossi andato al bar quando stava lavorando e cosa ci facessi con il sarong mentre quando ero da solo non lo indossavo mai senza di lui, era per le occasioni speciali, per un'uscita fuori. Gli ho risposto che l'avevo messo perché mi andava di farlo, e allora mi ha chiesto se l'avessi messo apposta per irritarlo e io mi sono chiesto come mai la gente continuasse a farmi domande, domande tutto il santo giorno, e perlopiù le stesse. Lui ha fatto un sorriso sarcastico e si è guardato intorno e ha detto che era occupato, ero mica cieco? Allora gli ho raccontato del bidone e di monsieur Charles.

Era sbalordito, ovviamente, al pensiero di me che trascinavo in giro per Parigi un bidone con dentro un cadavere, non ci credeva, se i bugiardi sono bravi a mentire, non che lo siano sempre, sono anche bravi a non credere alle persone che dicono loro la verità, soprattutto non credeva che avessi messo il bidone con monsieur Charles nello sgabuzzino dell'Alabama, informazione che gli sembrava troppo precisa e scontata. Ho pensato che forse avrebbe dovuto sentirsi un po' parte in causa, soprattutto quando gli ho detto che dovevo essere di ritorno all'Alabama alle otto in punto, cioè l'orario in cui Jésus Enrique staccava, ma invece lui si è tirato indietro con orrore, anzi, con un misto di codardia e spavento. Gli ho spiegato tutto quello che era successo, che quando ero arrivato all'appartamento quella mattina monsieur Charles era disteso nel salotto, morto, gliel'ho bisbigliato, ovviamente, non volevo che tutti nel bar sentissero quello che stavo dicendo, la musica era molto forte e Raimundo riusciva a malapena a sentire quel che dicevo, si stava innervosendo sempre più, si guardava intorno per il bar e fissava me con aria assente. Gli ho detto che monsieur Charles era stato colpito sulla testa con qualcosa, che sapevo che era stato assassinato e non avevo altra scelta se non quella di sbarazzarmi del cadavere perché tutti avrebbero pensato che ero stato io, e che avevo pianificato di affidare monsieur Charles alle acque della Senna come gli indù affidavano i loro cari estinti alle acque del Gange, così nessuno avrebbe pensato che l'avevo fatto io, intendo dire ucciderlo, dato che non l'avevo fatto, era ovvio che non l'avessi fatto, nessuno uccide qualcuno solo perché non si prende il disturbo di svuotare la caffettiera nel gabinetto.

Raimundo ancora non credeva a ciò che gli stavo dicendo, mi ha detto che ero ubriaco e che mi stavo inventando tutto per spaventarlo e io gli ho chiesto perché avrebbe dovuto spaventarsi, non era lui a essere coinvolto, ero io, e per tutto il tempo il barista ha continuato a fissarlo intanto che metteva i cocktail pronti sul vassoio, domandandosi quando sarebbe tornato a servire ai tavolini. E poi Raimundo ha detto quello che sapevo che avrebbe detto prima o poi, non mi ha sorpreso minimamente, è quello che avevo pensato per tutto il tempo mentre tiravo il bidone con dentro monsieur Charles e mentre sedevo al cinema a guardare la ragazza con le scarpette rosse buttarsi dalla balconata della stazione per liberarsi della sua follia.

Ti avevo avvisato che te la stavi cercando, Felipe, ha detto, prendendo il vassoio con i cocktail e fissandomi da vicino prima di andare al tavolo dei clienti.

Be', cosa ci si poteva aspettare da un mezzosangue della favela?

36

Non avevo bisogno di Raimundo, non avevo bisogno di nessuno, sapevo cosa dovevo fare e sarei semplicemente andato avanti e l'avrei fatto. Nessuno mi avrebbe accusato di qualcosa che non avevo fatto, se necessario avrei aspettato tutta la notte per sbarazzarmi del cadavere e poi sarei andato in un posto molto quieto e tranquillo come la panchina di un parco e mi sarei riposato così da poter andare a lavorare per madame Gregory l'indomani mattina e tutto sarebbe tornato di nuovo normale.

Per quanto riguarda Raimundo, posso dire solo questo, puoi pulire a fondo un appartamento ma non puoi pulire a fondo una persona, puoi pulire una persona, questo sì, le persone possono essere pulite fuori ma questo non significa che siano pulite dentro. L'unica persona davvero buona che io abbia mai incontrato, vale a dire pulita dentro, era tio Juan; non parlo dei miei genitori, loro sono buoni, mio padre era buono, ha fatto del suo meglio con me, e mia madre lo stesso, ma tio Juan era particolarmente buono, lui si è sempre e solo donato agli altri, alla famiglia, ai suoi studenti e a me, con il suo amore per le cose belle, i libri belli e la parola, che lui considerava un dono. Mi ha insegnato quello che sapeva e mi ha spinto a cercare la mia strada. Se avesse saputo che era lì che sarei finito, su una strada con un cadavere in un bidone, probabilmente ne sarebbe stato sconvolto, ma avrebbe trovato qualcosa da dire, aveva sempre qualcosa da dire su tutto perché era un uomo saggio, colto e comprensivo, perciò magari mi avrebbe detto che era una prova di qualche tipo, come nell'*Odissea* di Omero.

E qui, così lontano da casa mia? Chi c'è qui? Mister Penfold è buono e gentile, il signor Agostini è gentile ma non lo conosco davvero bene, lavoro per lui, il che è diverso, non conosco davvero neanche mister Penfold ma mister Penfold mi ha raccontato delle cose, ha parlato con me e a volte si è confidato, perciò sono in grado di dire che è buono, anche lui ama le cose belle e crede nell'amore, il che lo rende triste e sincero con se stesso. Per quanto riguarda il senhor Ponte, non saprei proprio, non è mai stato sgarbato con me anche se è alquanto sospetto uno che tiene il denaro nelle scatole da scarpe. Madame Gregory è una donna enigmatica ma abbastanza gentile, no, in realtà è davvero gentile, ed Eva è molto gentile e premurosa ma è una bambina, chi lo sa se continuerà a essere gentile e premurosa una volta cresciuta?

Mister Penfold mi dice che sta cercando di scrivere una storia d'amore che sia la stessa storia d'amore per tutti, perché tutte le storie d'amore sono la stessa storia alla fine. Due persone si incontrano, si separano, si riuniscono. Be', non tutte le storie sono così, ma le migliori storie d'amore di solito lo sono, la gente scrive quella stessa storia fin da quando ha imparato a scrivere. Naturalmente a volte non si riuniscono, a volte uno dei due muore ed è troppo tardi, a volte è una storia senza speranza fin dall'inizio, ma le storie con il ricongiungimento alla fine sono quelle che i lettori vogliono e si aspettano, solo che per qualche motivo non ci si può mai davvero contare, perché l'arte talvolta è imprevedibile come la vita, la vera arte, intendo dire.

Mister Penfold dice che non sarà mai capace di scrivere così bene ma che potrebbe, un giorno, scrivere una bella storia d'amore che è già stata raccontata molte volte prima ma in un modo diverso. È questo il punto, raccontarla in un modo diverso, il tuo. Mister Penfold mi chiede spesso cosa penso delle storie che scrive e io gli dico sempre che mi piacciono, il che è vero, e allora lui mi chiede di essere sincero, ma non è che non creda a me, è che non crede in se stesso. Ma anche questo va bene, non c'è niente di male in questo, quel che importa è che lo faccia. Dopotutto, spetta agli altri giudicare.

E Raimundo? Raimundo è un impostore, dovrebbe esserci una prigione speciale per quelli come lui, di fatto c'è una prigione speciale, si chiama mondo, non che tutti siano impostori, è solo che non puoi scappare o nasconderti da te stesso, per quanto intensamente ci provi, non appena lo fai, il mondo, il tuo mondo, diventa un posto più piccolo, più piccolo della più piccola cella. Penso che abbia qualcosa a che fare con la comprensione, con l'imparare cos'è la vita, alcune persone lo evitano come se fosse un'opzione, non vogliono sapere e non sanno come sapere, ma il fatto è che non hai scelta, devi cercare di imparare cos'è la vita fintanto che sei vivo e la stai vivendo, altrimenti sei un impostore e la tua vita non vale niente.

Lo sento adesso, e lo sentivo allora, mentre uscivo dal Bar Bossa e tornavo all'incrocio e da lì in rue de Buci, e per qualche ragione mi sentivo bene riguardo alla vita, provavo una sensazione di sollievo e libertà, provavo una sensazione di assoluta chiarezza riguardo a tutto quanto perché avevo capito che, per Raimundo, non c'era amore, non c'era spazio nel suo cuore per quel sentimento, solo paura di tutto ciò che lo circondava e che lui immaginava di poter assoggettare alla sua volontà. Ma ero anche triste, sentivo il peso della perdita e la tristezza nel cuore perché vedevo l'impossibilità dell'amore, il suo lato distruttivo, pur avendo sempre creduto che senza l'amore la vita non abbia senso, e tutto questo per spiegare perché mi sono ritrovato diretto verso il bar all'angolo per un unico altro goccio di vino dozzinale perché il primo era svanito e mi sentivo vuoto e affamato e assetato e prosciugato di tutto. Sì, ero affamato, ovvio che lo fossi, avevo completamente scordato di non aver mangiato per tutto il giorno, be', avrei preso delle arachidi o qualcosa del genere assieme al goccio di vino dozzinale e poi sarei stato di nuovo pronto per il passo successivo, no?

37

Inoltre non erano ancora le otto, avevo ancora venti minuti prima di andare a prendere il bidone. Adesso la strada era gremita, mentre si suonava la musica, alcune persone stavano ballando, c'era meno gente dentro il bar che ho trovato, così mi sono fermato al bancone e ho ordinato un bicchiere piccolo di vino della casa, un bicchierino, era tutto ciò di cui avevo bisogno, non il bicchiere che l'uomo mi aveva posato davanti all'inizio. Ho preso solo un unico goccio ed è stato piacevole, mentre scacciavo Raimundo dalla mia testa e fingevo di non essere più una ragazza, solo un domestico personale che si prendeva del tempo libero dopo una dura giornata di lavoro, insieme ad altra gente che stava facendo la stessa cosa, qualunque fosse il suo lavoro. C'era una ragazza carina seduta al tavolo lì vicino e mi sono chiesto come sarebbe stato fare l'amore con lei, non avevo mai fatto l'amore con una ragazza prima, non una vera ragazza, e ho continuato a pensarci, immaginando l'aspetto dei suoi seni e come sarebbe stato accarezzarli. Era una forma di vendetta da parte mia, per far arrabbiare Raimundo? O ero sincero nelle mie fantasie? Quanto sincere sono le fantasie, comunque, quando rimangono sempre irrealizzate? Sono come sogni ma i sogni puoi controllarli, o piuttosto pezzi di sogni in una massa di immagini e sensazioni arbitrarie, fugaci momenti di piacere che ti salvano dalla notte. Sono vicinissimo ai miei sogni, qui nella mia cella, ho raggiunto un punto in cui mi hanno completamente sopraffatto, non so se sia l'effetto della pastiglia che ci danno per aiutarci a dormire, o per farci dormire, ma dal momento che qui dentro sono così solo senza nessuno con cui parlare e niente da fare tranne rendere questa testimonianza e aspettare che il mio caso venga dibattuto in corte d'assise, le mie giornate stanno diventando sempre più vuote e le mie nottate sempre più piene, piene di storie che mi conducono in posti indicibili e a gesti indicibili, persino l'assassinio, il che mi porta a domandarmi se non possa essere stato io a uccidere monsieur Charles, ma in sogno. Anche questo è un reato? Verrò arrestato di nuovo, come quando ero sul lungofiume? Verrò spedito in una prigione da qualche parte? E, se finisco in prigione nei miei sogni, sarò di nuovo libero di fare quello che voglio durante il giorno, mentre di notte resterò rinchiuso?

È come guardare una fotografia, ma in negativo, si vede tutto alla rovescia, io sono più stanco che mai anche se non faccio niente a parte parlare in questo registratore, i sogni mi sfiniscono con le loro pretese, le loro incessanti, convincenti pretese, così che, anche se la mia immaginazione è libera, e i pensieri volano nella notte in cerca di sollievo, io sono più in trappola di quando mi sveglio, chiuso a chiave in questa stanza, tra queste mura, eppure, per quanto terrificante sia il mio sonno, nei miei sogni assaporo la libertà, il che mi rende ancor più insopportabile la reclusione. Queste terribili mura, persino loro sono stanche, stanche di essere fissate, perché per quanto può essere fissato un muro? Ogni centimetro quadrato di queste mura è stato fissato, respinto, fissato ancora, queste mura quasi vive con tutta l'agonia dell'attesa, la perdita e il rimpianto di chi le ha fissate, per non parlare dell'orribile tavolo con "merda" sopra.

Sì, tutto questo sognare è una specie di follia, non smetterà mai finché non sarò di nuovo libero, mentre chiudo gli occhi e cedo ai capricci del sonno mi appare davanti tutta la mia vita, non so nemmeno più chi sono, sono solo un numero accusato di un reato, l'imputato, l'ha detto lei stesso, avvocato, che non c'è presunzione d'innocenza, quindi per quanto riguarda il mondo sono già colpevole, quasi quasi a volte ci credo anch'io, anche se le ho detto

fin dall'inizio che non ho ucciso monsieur Charles, nessuno uccide qualcuno solo perché non si prende il disturbo
di svuotare la caffettiera nel gabinetto, non ha senso!

Il goccio di vino dozzinale mi ha fatto sentire molto meglio. Così ne ho preso un altro. E be', suppongo di aver
avuto ragione a pensare che la gente non cambia, perché
non avrei mai bevuto soltanto un altro goccio, avevo smesso perché non riuscivo a smettere, di bere, intendo, e
quando ho ricominciato, quel giorno, non ci ho proprio
pensato due volte.

38

Sin da quando ho visto monsieur Charles disteso là sul
tappeto ho avuto questa sensazione di star guardando me
stesso fare delle cose, oltre che di farle e basta. È una sorta
di follia o cosa, mi chiedo? Voglio dire, se io sto guardando me stesso fare qualcosa, allora chi è l'altra persona?
Non posso essere due persone. Forse è come tenere una
macchina da presa, una parte mi guarda fare delle cose, e
quello che sto facendo è come un film.

Posso vedere me stesso che ordino al bar altro vino della casa, un bicchiere, stavolta, e che lo bevo a piccoli sorsi
come se fosse molto costoso. Ovviamente non era affatto
costoso, avevo il denaro della mattina e non ne avevo ancora speso, tranne che per la scheda telefonica, perciò
avrei potuto prendere diversi bicchieri se avessi voluto.
C'era un uomo accanto a me e mi ha chiesto se avessi avuto una giornata piena, gli ho risposto non più del solito,
ero sempre piuttosto impegnato, per quanto mi riguarda-

va raccogliere abiti per beneficenza era parte della giornata lavorativa, e lui ha detto che pensava fosse una bella cosa da fare e mi ha pagato da bere. Mi ha chiesto cosa volessi e io ho risposto qualunque cosa gli saltasse in mente, non ero schizzinoso quando si trattava di bere, era tutto lo stesso per me, aveva tutto lo stesso effetto anche se il sapore era diverso e, dopo un po', non era neanche più diverso il sapore, perciò mi ha offerto un pastis, perché era quello che stava bevendo lui. Voleva sapere perché indossassi un sarong, i francesi sono molto interessati a quello che indossa la gente, abiti, cibo e filosofia sono quello che sembrano gradire di più, e gli ho spiegato che da dove vengo io è quello che indossiamo tutti, quindi per noi è normale. Ha detto pure che gli piaceva la camicia stampata a fiori e voleva sapere dove l'avessi presa e io gli ho detto che me l'aveva regalata il signor Agostini. L'uomo ha detto di aver sentito parlare del signor Agostini perché era un famoso fotografo di moda, intendo dire il signor Agostini, e voleva sapere come mai lo conoscessi. Ero un modello, per caso? No, no che non ero un modello, ero il domestico personale del signor Agostini, ho replicato. L'uomo ha detto che anche lui stava cercando un domestico personale e mi ha chiesto se fossi interessato a lavorare per lui perché dovevo essere un bravo domestico personale se pulivo personalmente per il signor Agostini, dal suo punto di vista era una referenza più che sufficiente. Ho risposto che non ero sicuro, avrei dovuto pensarci, lavoravo già per cinque, no quattro, per quattro persone, ma forse potevo farcela il mercoledì perché ero libero, e ho aggiunto che, a causa di recenti sviluppi, sarei stato disponibile anche il venerdì mattina. Sembrava che per lui il venerdì mattina fosse il momento più adatto, mi ha chiesto il numero di telefono e mi ha dato il suo, chiedendomi di chiamarlo, oppure l'avrebbe fatto lui, all'inizio della settimana successiva, per discutere più a fondo la questione.

Mi è venuto in mente che, se fossi andato a lavorare per quell'uomo, non era proprio una grande idea starmene lì al bancone a chiacchierare e bere con lui, non è il tipo di cosa che si fa di norma, i domestici personali e le persone per cui lavorano che bevono insieme al bar, ho sempre preferito mantenere una certa formalità e distanza nel rapporto. In ogni caso non volevo proprio che l'uomo sapesse che bevo, non che di regola io lo faccia, anche se adesso era un po' tardi, adesso che mi aveva pagato da bere sarebbe stato particolarmente seccante se avesse pensato che bevevo quando non era così, perché non è così, stavo solo prendendo un bicchierino o due per via della situazione d'emergenza e avrei smesso di nuovo non appena monsieur Charles si fosse ritrovato sano e salvo a galleggiare nella Senna.

E poi mi sono reso conto che per via della chiacchierata con l'uomo avevo completamente perso la cognizione del tempo. Secondo l'orologio alla parete erano le otto e trenta. Otto e trenta! Questo significava che Jésus Enrique probabilmente era già andato a casa. Be', mi sono accomiatato di punto in bianco e sono schizzato fuori dal bar e di nuovo all'Alabama. Attraverso la porta a vetri ho visto che il direttore se n'era andato e un tizio aveva preso il suo posto al bancone, un giovanotto che non avevo mai visto prima, doveva essere nuovo. E Jésus Enrique non si vedeva da nessuna parte. Sono entrato nella hall e sono andato dal giovanotto al bancone e gli ho detto che ero Felipe, che nello sgabuzzino accanto avevo un bidone per la differenziata che usavo per raccogliere i vestiti per la carestia in Africa e che avevo bisogno della chiave per riaverlo perché avevo ancora un bel po' di raccolta da fare. Lui ha detto che non ne sapeva niente, doveva farsi dare il permesso dal direttore ma il direttore era fuori, era andato a prendere qualcosa in un negozio su quella via e sarebbe tornato in fretta. Ho detto al giovanotto al bancone che sarei andato a vedere se riuscivo a trovare il direttore, quindi sono uscito di nuovo sulla strada e sono sceso lungo rue de Buci, chiedendomi in quale negozio potesse essere andato.

Il gruppo che suonava all'angolo aveva attirato molta folla, tutti ballavano e bevevano e uno mi ha afferrato per la spalla mentre passavo e ha cominciato a ballare e farmi girare in tondo facendomi venire delle gran vertigini, era robusto e vigoroso e non c'era molto che potessi fare per fermarlo, di solito ballare non mi piace proprio ma l'effetto del vino mi aveva in qualche modo reso più rilassato e, strano a dirsi, mi sono ritrovato a divertirmi, forse era per quello che mi ero messo a bere all'inizio, perché in realtà sono una persona parecchio timida, in aggiunta al fatto che ho sempre pensato a me stesso soprattutto come a una ragazza, il che mi ha disorientato fin dal principio. Perciò eccomi lì, a ballare sull'angolo con un perfetto sconosciuto, l'uomo mi cingeva tra le braccia mentre io mi muovevo avanti e indietro sull'acciottolato, mi stavo arrendendo all'alcol che avevo nelle vene e al ritmo di quella musica che ancora mi risuona nelle orecchie come la colonna sonora di un film senza fine che è iniziato quel venerdì di un'era fa, è come se il tempo si fosse semplice-

135

mente fermato là, a quell'angolo, abbandonandomi in un mondo immaginario il più possibile lontano da casa.

39

E poi è finito, intendo dire il ballo, e il tempo è ripartito mentre la band faceva una breve pausa prima di suonare un altro pezzo. Mi sono divincolato dall'uomo e sono tornato all'Alabama, ormai i negozi erano chiusi e ho pensato che il direttore fosse tornato. Credo di aver ballato per una mezzora o giù di lì, il ballo e ancor prima la bevuta nel bar e la musica e tutto quanto mi avevano completamente disorientato ed è stato difficile per me staccarmi dalla folla perché un altro uomo, e poi un altro ancora, tutti che volevano ballare con me, penso fosse il sarong a fare quell'effetto, penso che non ne avessero mai visto uno prima per cui lo trovavano esotico, forse era per quello che Raimundo non voleva mai che lo indossassi quando uscivo da solo, chi lo sa, ma direi senza paura di esagerare che il sarong è stato un successone per quanto riguarda quel particolare capannello.

Con mio grande stupore, tanto che all'inizio ho pensato che forse me lo stavo immaginando, il mio bidone, che in realtà apparteneva al municipio di Parigi, ma che ormai consideravo mio in un certo senso, era fuori proprio davanti all'ingresso dell'albergo. Tenendo aperta la porta con una mano e stringendo con l'altra l'impugnatura del bidone, ho chiesto al giovanotto al bancone cosa fosse successo. Ebbene, mi ha detto, aveva trovato un appunto del direttore ficcato sotto le prenotazioni al computer che lo autorizzava a restituirmi il bidone prelevandolo dallo sgabuzzino e aveva deciso di andare lui a prendermelo perché gli dispiaceva di avermi fatto aspettare. Si considerava *engagé*, penso sia questo il termine che ha usato, coinvolto, lui personalmente era molto interessato alle questioni mondiali e ha espresso solidarietà per i problemi dell'Africa, che sapeva aver sofferto sia la carestia che le inondazioni, oltre ad altri guai non naturali, quali l'instabilità politica e il genocidio intertribale. Aveva letto tutte quelle cose sul «Libération», ha detto. Di fatto era persino riuscito a trovare alcuni vestiti come contributo agli aiuti, era successo che un turista americano aveva criticato il bidone quando il giovanotto l'aveva portato fuori e lui si era assunto il compito di spiegare come mai fosse lì. Ebbene, anche il turista americano non vedeva l'ora di fare quel che poteva perciò era salito in camera ed era tornato con una giacca sportiva, troppo stretta per lui, capisce, aveva messo su parecchio peso visitando l'Europa, perciò tanto valeva destinarla a una buona causa, aveva raccontato al giovanotto che in origine lui proveniva dall'Africa, lui o i suoi antenati, cosa che riteneva una coincidenza davvero incredibile, e pensava che fosse il minimo fare un qualche gesto, dopotutto l'America era la terra delle occasioni mentre l'Africa, secondo lui, da dove originariamente proveniamo tutti, era priva di beni indispensabili, tipo il cibo.

L'unica cosa che ha detto che mi ha fatto innervosire era che il bidone gli pareva molto pesante per aver dentro solo abiti, ma io gli ho spiegato che erano soprattutto abiti invernali, visto che al momento era estate e la gente trovava più facile separarsi da quel tipo di vestiti dato che non le serviva, difatti dentro c'erano molte paia di stivali, insieme ad altri articoli belli pesanti, e allora mi ha chiesto cosa se ne sarebbero fatti gli africani di cose invernali, visto che l'Africa è essenzialmente un paese caldo. Ebbene, gli ho semplicemente raccontato qual era il mio piano, che la domenica sarei andato a vendere i vestiti al mercato di Montreuil per poi spedire i soldi agli interessati così che potessero acquistarci del cibo e lui ha concordato che era la cosa migliore da fare. E poi l'ho ringraziato e mi sono avviato, non avevo tempo, gli ho detto con più tatto possibile, avevo ancora un sacco di raccolta da fare prima che venisse buio.

40

Adesso, all'angolo, c'erano ancora più persone a guardare la band suonare e ballare, era impossibile superarle tutte, perciò mi sono fermato vicino a un lampione, tenendo stretta l'impugnatura del bidone per sicurezza e ondeggiando a suon di musica come se mi stessi godendo la faccenda e mi fossi fermato lì di proposito. Ho pensato che avrei aspettato giusto un minuto prima di riavviarmi appena ce ne fosse stata l'occasione, non avevo nessuna fretta.

È stato mentre ero lì in piedi che mi sono sentito battere sulla spalla. Mi sono spaventato, avevo già visto alcuni gendarmi in mezzo alla folla e ho pensato che forse, be', forse era arrivato il momento, non avrebbero mai creduto alla carestia in Africa e avrebbero guardato dentro il bidone e trovato monsieur Charles; sa, avevo preso la giacca sportiva dell'uomo al bancone e l'avevo pigiata sopra i pantaloni che mi avevano dato prima, ma questo non garantiva niente, non ci sarebbe voluto molto per trovare monsieur Charles sotto, a testa in giù. Anche se non indagavano a fondo, avrebbero sempre potuto arrestarmi per uso improprio di arredi municipali chiedendomi i documenti, che non avevo. Tutto poteva andare male, di fatto, di quello ero sicuro.

Ma non era un gendarme. Era il signor Agostini. Il signor Agostini! Avevo parlato di lui appena un'ora prima. Era con due ragazze che al primo momento non ho riconosciuto perché avevano i vestiti addosso, fino a lì le avevo viste solo nude, nelle fotografie sulla parete del loft di Belleville che spolveravo di quando in quando, nelle fotografie quelle ragazze sorridono, come ho detto, e sorridevano quando le ho viste lì, per la strada, sono stati i loro sorrisi a farmele ricordare, capisce, sebbene da non nude avessero un aspetto molto diverso. Mentre me ne stavo lì, con la mano sull'impugnatura del bidone e la mano del signor Agostini sulla mia spalla, mi sentivo come se le conoscessi da tempo, ma naturalmente le avevo viste solo in fotografia, in una cornice sulla parete, ma era come se fossero diventate vive tutt'a un tratto, erano diventate vere, persone in carne e ossa, mentre prima sembravano immaginarie. Erano carine, di viso moltissimo, ma non tanto carine quanto nelle fotografie, dal vivo erano troppo alte e troppo magre e praticamente non avevano seno, non che il seno sia tutto, come il denaro, il denaro non è tutto, di fatto niente è tutto se uno ci pensa, ma se i loro seni fossero stati un po' più grandi e fossero state un po' meno alte e sottili, sarebbero state perfette, comunque com'erano andava già benissimo e non mi sarebbe dispiaciuto essere una di loro, seno o non seno.

Anche il signor Agostini sorrideva, era felice di essere con le sue ragazze, è stato molto gentile con me, è sempre gentile, mi ha tenuto la mano sulla spalla e mi ha chiesto se stavo bene, e in un certo senso era così, per quanto uno si potesse aspettare che stessi bene; a essere proprio onesti, avvocato, a quel punto ero leggermente ubriaco, ma non ubriaco tanto da non preoccuparmi di rivelare la mia ubriachezza, in realtà ne ero parecchio imbarazzato, finché il signor Agostini ha detto quanto fosse contento di vedere che mi stavo divertendo, dopotutto era la *Fête de la musique*, era fatta per quello, perché la gente ballasse e bevesse e si divertisse, capisce, penso che avesse compreso che ero in imbarazzo e abbia voluto farmi sentire a mio agio.

Ebbene, sono stato contento di vederlo lì, per quanto fossi un po' nervoso all'inizio, perché il signor Agostini è davvero uno spasso, non dico di no, un pomeriggio mi ha chiesto di acquistargli dei profilattici perché li aveva finiti, così sono andato alla farmacia sul viale e mi hanno chiesto di che grandezza. Io non ne avevo la minima idea, di che grandezza, voglio dire, come potevo saperlo? Un domestico personale sa un sacco di cose della gente per cui lavora, ma ci sono dei limiti, proprio come ci sono dei limiti per tutto. Sì, hanno insistito loro, di che grandezza? Allora ho risposto taglia normale, ho pensato che fosse la cosa migliore da dire, intendo dire che non volevo dire piccoli o grandi, non lo sapevo, e allora la donna ha detto, no, di che grandezza vuoi la confezione? Ebbene, l'ho raccontato al signor Agostini e lui è scoppiato a ridere. Ride sempre, il signor Agostini, è un uomo simpatico ed è stato simpatico con me quel venerdì pomeriggio quando mi ha visto lì in una situazione d'emergenza, e ha insistito per offrirmi una birra, poi un'altra, perché avevo sete, capisce, e ha incitato le ragazze a ballare, cosa che devo dire hanno fatto molto bene, e dal momento che erano così belle, per quanto alte e sottili, tutti si sono radunati intorno a loro, e poi il signor Agostini ha incitato a ballare anche me oltre alle ragazze e le ragazze hanno solo continuato a sorridere, cosa che ha fatto sorridere anche me. La musica era sempre più forte e il signor Agostini continuava a rifornirmi di nuova birra, dovevo avere molta sete con tutto quel ballare e il resto, e mi ha detto di non preoccuparmi del bidone quando gli ho detto che era importante, che dentro c'erano vestiti per l'Africa, così mi ha tenuto lui l'impugnatura mentre io ballavo con le ragazze, cosa che è andata avanti per un bel po' di tempo, devo ammetterlo, almeno mezzora o giù di lì, finché la musica si è fermata di colpo e tutti abbiamo smesso di ballare, che sotto un certo aspetto è stato un sollievo, intendo dire che per essere una persona a cui non piace molto ballare, di sicuro stavo ballando un sacco.

Che idea meravigliosa raccogliere vestiti per l'Africa, ha detto il signor Agostini, era sicuro di avere mucchi di abiti che non gli servivano, e anche le ragazze, e anche tutti i suoi amici, sì, doveva ricordarsi di dirlo a tutti i suoi amici, e all'agenzia per cui lavorava, e alle riviste che lo ingaggiavano per fare foto, se ne sarebbe occupato perché era una questione importante, ha detto, anche se, mi ha chiesto, non sarebbe stato meglio mandare agli africani cibo, o forse denaro per comprarlo? Allora gli ho spiegato che avevo in mente di vendere gli abiti al mercato di Montreuil la domenica e lui ha detto che avrebbe portato qualcosa, conosceva qualcuno con un furgone, o un camion, sarei riuscito a farci un bel po' di soldi, gli abiti sarebbero stati begli abiti perché il tipo di persone che conosceva lui acquistava abiti in continuazione e non aveva bisogno di quelli vecchi anche se non erano poi così vecchi, un anno o giù di lì, probabilmente non di più, erano abiti costosi di stilisti importanti come Yves Saint Laurent, perciò anche se avessi fatto pagare solo una parte di quello che erano costati originariamente ci avrei comunque fatto abbastanza denaro, un solo abito, pensava, sarebbe bastato per un'intera tribù di africani, il che a me sembrava un pensiero molto strano, voglio dire, non riuscivo a smettere di pensare a quanto strana fosse tutta quella faccenda, gente che acquistava cose di cui non aveva bisogno in una parte del mondo e gente che non riusciva ad acquistare cibo nell'altra parte perché non aveva soldi per acquistare niente, e anche se ne avesse avuti non c'erano nemmeno un *Prisùnic* o un *Champion* in cui andare, era come tutto il resto, semplicemente non aveva alcun senso, l'unica cosa che avesse senso per me era la gentilezza del signor Agostini, non solo verso le persone dell'Africa ma verso me, Felipe.

41

Non riesco a smettere di pensare alla corda, o qualunque cosa fosse, e alle scarpette rosse, e all'uomo che precipitava sul pavimento della cella e all'improvviso si rendeva conto di essere libero, e alla ragazza, la ballerina, che invece precipita dalla balconata. Precipitano tutti, sto precipitando anch'io, non letteralmente, è il mio cuore che precipita, tutto qui, riesco a sentirlo, precipita, con tutto il peso della perdita e della tristezza, portandomi con sé. Voglio dire, quanto posso pulire questa stanza, mettendola a posto per me e per nessun altro? Non che sia possibile chiamarla stanza, ma nemmeno metterla a posto, in quanto a questo, perché non c'è niente che sia a posto qua dentro.

E poi, dopo averla pulita, più e più volte, semplicemente parlare nel registratore, rendendo la mia testimonianza, ricordando come se ricordare in qualche modo potesse servire a salvarmi, cercare di scovare indizi in tutto quello che è successo anche quando non sono sicuro di come quel che è successo sia davvero successo, data la stranezza di tutto quanto, per esempio, perché la chiave di monsieur Charles era nella tasca sinistra dei miei jeans quando quella mattina l'ho tirata fuori per andare al lavoro? Io tengo sempre la chiave nella tasca destra, che era la prima in cui ho guardato quando ho indossato il sarong. E tutto quel denaro nascosto nelle scatole da scarpe nell'appartamento del senhor Ponte?

Mister Penfold dice sempre che le cose succedono se fai qualcosa, quando cominci a fare qualcosa, cioè, rispetto al non fare niente, lui dice che è come con la scrittura, una volta che cominci a scrivere una storia, le cose iniziano a succedere, cose che altrimenti non avresti mai pensato potessero succedere, suppongo che in un certo senso sia come pulire, quando guardi un appartamento enorme che non avevi mai visto ti chiedi come farai a pulirlo ma, non appena cominci, ti vengono delle idee su come metterlo tutto a posto, tipo per esempio usare il manico di una scopa con attaccato uno spolverino per arrivare alla mantovana della tenda, non sto dicendo che pulire sia importante come raccontare storie, ma forse valgono le stesse regole. Così come ricordare e fare questa cosa, parlare nel registratore, mi fanno vedere i fatti in modo diverso, credo che in un certo senso sia come raccontare una storia, be', ovviamente non è quella che si chiamerebbe una storia, è una testimonianza, è la verità, non è inventata come una storia perciò non devo immaginare niente, devo solo raccontarla esattamente come è successa.

Capisce, mentre siedo qui, ricordando, parlando, le cose cominciano a succedere. Prenda il senhor Ponte, per esempio, più penso al senhor Ponte più mi diventa sospetto, con il denaro nelle scatole da scarpe e la polvere, non ricordo se le ho parlato della polvere, ce n'era un sacchetto intero in una delle scatole da scarpe, là in fondo all'armadio, quando per errore ho aperto uno dei coperchi mentre recuperavo la camicia da smoking che era caduta dalla gruccia, voglio dire, cosa ci faceva un sacchetto di polvere bianca in una scatola da scarpe? E cosa ci faceva tutto quel denaro nelle altre scatole da scarpe se non era sospetto? So che non erano affari miei curiosare nelle scatole da scarpe se dentro c'era del denaro, ma io non sapevo che ci fosse del denaro, giusto? E anche se di solito non avevo niente da fare nell'armadio, avevo o no il diritto di provare a trovare la camicia da smoking del senhor Ponte? La camicia da smoking è molto importante per lui, io so che di solito lascio le camicie sull'attaccapanni a stelo vicino al letto dopo averle stirate, che è dove il senhor Ponte normalmente si aspetta di trovarle quando torna a casa, ma questa era diversa, sentivo di dover guardare nell'armadio per vedere se la camicia da smoking fosse lì, di certo non mi aspettavo di trovarcela a terra, così quando l'ho raccolta ho incidentalmente sfiorato una delle scatole da scarpe, cosa che mi ha spinto a esaminare le altre, non che abbia preso niente, ovviamente, stavo solo guardando perché non riuscivo a credere ai miei occhi. I domestici personali talvolta devono rovistare negli armadi, tutto qui, anche se non è una cosa che fanno di regola, al signor Agostini non importa se gli rimetto le camicie nell'armadio, invece il senhor Ponte ha detto che non era necessario, potevo semplicemente mettere le camicie stirate sull'attaccapanni a stelo, e sebbene ammetto che ci fosse una chiave per aprire l'armadio, e che la chiave fosse nella serratura, non ho pensato che fosse per tenere l'armadio sottochiave, ho pensato che fosse una semplice chiave per tenere chiusa l'anta perché è un armadio vecchio. Non mi aspettavo di trovare quello che ho trovato e non ne avrei parlato adesso se non avessi pensato che potrebbe essere importante, e poi perché lei mi ha detto di raccontarle tutto esattamente come è successo, avvocato, non è che stia cercando di mettere nei guai il senhor Ponte, ma la verità è che al momento io sono proprio nei guai che di più non si può e se non ho ucciso io monsieur Charles, cosa che non ho fatto, allora deve averlo fatto qualcun altro. Non sto dicendo che sia stato il senhor Ponte, ma, voglio dire, cosa ci facevano il denaro e la polvere bianca là nelle scatole se, come ho detto, non era per qualcosa di sospetto?

42

Bene, dopo che il signor Agostini se n'è andato con le ragazze tutte sorrisi io ero di nuovo solo soletto, cioè, davvero solo soletto, c'erano centinaia di persone per la strada, ma io non ne conoscevo nessuna e non c'è niente che mi faccia sentire più solo che essere bloccato in mezzo a una folla con qualcosa da nascondere, niente, cioè, a parte essere da solo qui con un gabinetto senza porta e una finestra talmente in alto da non servire a un bel niente a parte lasciar cadere la luce sul pavimento.

Dopo un po' la band è sembrata stanca, doveva essere andata avanti per ore, così si è fermata per una pausa. La folla si è assottigliata e io ho trovato un varco, e mi sono messo a trascinare il bidone giù per rue de Buci verso la rue Saint-André-des-Arts. Ormai si erano fatte le dieci eppure faceva ancora chiaro, perciò sapevo che avrei dovuto aspettare ancora prima di poter anche solo pensare di dare a monsieur Charles il suo funerale galleggiante in stile indù. Mi era rimasto ancora del denaro, così ho acquistato una bottiglietta, quella che chiamano fiaschette, di whisky, e l'ho bevuta sul marciapiede, tra una cosa e l'altra dovevo essere assetato. Mentre lo facevo, un uomo mi si è avvicinato e ha detto di aver sentito parlare di me all'Hotel Alabama, non ero io la persona che stava raccogliendo abiti per la carestia in Africa? L'uomo era un turista, ha detto che veniva dall'America, dalla Florida, non era mai stato in Africa ma ne aveva sentito parlare, ha detto, era un paese con un mucchio di problemi, per quello che ne sapeva lui. Gli ho risposto che in effetti stavo raccogliendo abiti e lui ha detto che non ne aveva di riserva, abiti, cioè, ma che voleva darmi del denaro da spedire là per dare una mano. Poi mi ha messo in mano una banconota da cinquecento franchi e se n'è andato. Cinquecento franchi! Indubbiamente l'Africa sembrava tirar fuori il meglio dalle persone.

Probabilmente ormai dovevo essere parecchio ubriaco e le cose iniziavano un tantino ad appannarsi. Non avevo bevuto neanche un goccio per tantissimo tempo e adesso avevo continuato a bere di continuo per tutta la sera senza mangiare niente degno di nota, una miscela di vino dozzinale, pastis e birra e adesso whisky, me la potevo sentire dentro in pieno, nel sangue, rimestata dal ballo e dalla paura e dall'emozione di tutto quanto. E adesso questo, cinquecento franchi, che ho messo in tasca e deciso di tenerli da parte per una qualche emergenza speciale, forse avrei potuto prendere un treno da qualche parte una volta fatto quel che dovevo fare, era il fine settimana, dopotutto, forse potevo semplicemente allontanarmi da Parigi dopo aver lavorato per madame Gregory l'indomani e prima di dover tornare al lavoro il lunedì per il senhor Ponte. Non mi importava cosa stesse facendo Raimundo, probabilmente era nel nostro appartamento ma non volevo vederlo, non mi fidavo di lui, molto semplicemente. Potevo sempre trovare un modo per rimborsare all'Africa quei cinquecento franchi se necessario, voglio dire, Felipe non aveva intenzione di negare nessun alimento a nessun africano, ma per il momento tutto quello a cui riuscivo a pensare era andare a dormire da qualche parte, in campagna, magari, lontano da Parigi, con una bottiglia di vino dozzinale e una baguette.

Ero affamato, ma non volevo sprecare troppi soldi per il cibo, sapevo che adesso che avevo ricominciato a bere sarebbe stato difficilissimo smettere, non sono il tipo di persona che mente a se stessa quando si tratta della realtà, già mentre finivo di scolarmi la fiaschetta di whisky stavo pensando di tornare al negozio per acquistarne un'altra, potevo prendermi un tramezzino per tirare avanti visto che avevo una lunga notte davanti, qualsiasi cosa fosse successa, c'era ancora un sacco di gente per la strada, la band sull'angolo aveva ricominciato a suonare, riuscivo a sentirla suonare la stessa musica di prima, quando avevo ballato con le due ragazze, un altro gruppo stava suonando su all'incrocio e sempre più persone si riversavano fuori dai bar per ballare. Era ora di procedere, mi sentivo minacciato e mi sono raggrinzito dallo shock al pensiero di non essermi preoccupato neanche per un secondo di lasciare il bidone fuori dal negozio quando ero entrato ad acquistare altro whisky, così ho stretto l'impugnatura più forte che potevo e ho trascinato il bidone oltre l'incrocio, verso rue Saint-André-des-Arts e nella notte.

43

La notte! Il buio stava cominciando a scendere e le insegne al neon lungo la strada stavano iniziando ad accendersi. Dappertutto intorno a me c'erano persone, musica e bottiglie nelle cunette di scolo; a causa di tutti quei rifiuti, il municipio di Parigi aveva già mandato dei netturbini a dare una prima ripulita. Mi fa sempre sentire meglio quando vedo che le cose vengono pulite, gli appartamenti dovrebbero essere tenuti in ordine e anche le città dovrebbero essere tenute in ordine, una delle cose che mi piacciono di Parigi è che il municipio di Parigi tiene sempre le strade e i viali in ordine, lavandoli con getti d'acqua e sbarazzandosi dei rifiuti, non smette mai di stupirmi quanti rifiuti produce ciascuno di noi, almeno un sacco da trenta chili a testa al giorno, di più quando c'è in corso qualcosa come la *Fête de la musique*, non che ci sia niente come la *Fête de la musique*.

Vedevo quattro netturbini farsi strada tra la folla e raccogliere quel che potevano, c'era uno di quei piccoli autoimmondizie con le ribalte laterali e uno spargiacqua con uno spruzzatore che buttava giù acqua per la cunetta, gli uomini sulla strada spazzavano via tutto per bene con le loro ramazze verdi di plastica. Un tempo ovviamente avevano delle vere ramazze, fatte di rami e ramoscelli veri, adesso invece hanno ramazze finte con parti di plastica che sono copie esatte di ramoscelli legati insieme per spazzare, il che è divertente se uno ci pensa, imitare la natura in quel modo, verrebbe da pensare che abbiano ideato qualcosa di nuovo, ma d'altro canto perché cambiare qualcosa che già funziona?

Mi ha sorpreso parecchio vederli lì a quell'ora della notte, ma dal momento che c'erano già così tanti rifiuti evidentemente il municipio di Parigi aveva deciso di muoversi in anticipo invece di aspettare fino all'alba della mattina successiva. I quattro netturbini lavoravano insieme come una squadra mentre scendevano lungo la rue Saint-André-des-Arts ma poi, vedendo altra immondizia nelle traverse, si sono separati per un po'. Ho immaginato che si sarebbero radunati di nuovo alla fine della via. Sta di fatto che uno di loro, che sembrava più giovane degli altri e aveva un aspetto un po' diverso, tanto per cominciare era nero, il che lo distingueva subito, ha ramazzato dietro di me ed è andato a finire sulla traiettoria del bidone. Gli ho detto che pensavo che stesse facendo un buon lavoro, ero un domestico anch'io, ma di tipo personale, lui mi ha chie-

sto da dove venivo e io gli ho risposto Filippine e lui ha
detto no, non intendo questo, quello che intendeva era che
non sapeva che fossi nel loro turno, non mi aveva mai incontrato prima e non capiva cosa stessi facendo, dal momento che ero senza uniforme o ramazza e stavo trascinando giù per la strada quello che a lui sembrava un bidone per la differenziata.

Be', gli ho detto che stavo raccogliendo vestiti per l'Africa e ne è sembrato parecchio colpito, ha detto che anche
lui era africano e pensava fosse molto più meritevole raccogliere vestiti che raccogliere spazzatura, di fatto mi ha
confessato di essere abbastanza stufo di raccogliere spazzatura, proprio quel pomeriggio aveva finito di litigare con
la moglie a proposito, lei aveva detto che avrebbe voluto
andare alla *Fête de la musique* con lui e che la irritava che
lui dovesse lavorare, e pure che dovesse pulire, a lei non
piaceva pensare a suo marito come a uno spazzino anche
se qualcuno doveva pur farlo, pensava che lui potesse fare
qualcosa di più utile del suo tempo, erano originari della
Repubblica Centrafricana e in realtà laggiù aveva cominciato a studiare medicina alla facoltà di medicina ma non
si era mai diplomato, era lontanissimo dal diplomarsi, secondo sua moglie non era mai riuscito a finire niente, che
poi era il motivo per cui, sempre secondo lei, era finito a
fare lo spazzino, anche se secondo lui era solo una questione di soldi, non si era potuto permettere di continuare
gli studi, che era il motivo per cui non li aveva completati.
Ebbene, gli ho detto che non c'era niente di cui vergognar-
si nell'essere un domestico e io non ci vedevo niente di
male, era un lavoro come un altro, ma lui ha detto di essersi stufato.

A quel punto ci eravamo fermati all'inizio di una traversa dove non c'era praticamente nessuno e la musica e la folla sembravano molto lontane. L'uomo ha tirato fuori una sigaretta e io gli ho offerto un goccio di whisky, che lui ha apprezzato, e ci siamo seduti su una sporgenza di pietra di fianco a un edificio a parlare delle pulizie e della *Fête de la musique* e dell'Africa. L'uomo sentiva di dover smettere di fare quel che faceva, qualunque cosa sarebbe stata meglio che avere un lavoro che non gli piaceva e una moglie arrabbiata da cui tornare la sera; non era sicuro di cosa fare, purché non fosse pulire strade. A quel punto aveva preso lui la mia fiaschetta di whisky, io gli ho detto che andava bene, avrei potuto comprarne un'altra senza problemi, in pratica gli ho suggerito che mi sorvegliasse un attimo il bidone mentre io tornavo nel negozio che avevamo appena superato per acquistarne un'altra, che è ciò che ho fatto, ma non una fiaschetta, una misura più grande, una bottiglia vera e propria questa volta, e quando sono tornato ho gettato all'aria il tappo, per così dire, ed eccoci seduti lì, a bere dalla bottiglia e parlare, che è stato molto piacevole perché l'uomo sembrava gentile e aveva un modo interessante di descrivere la condizione umana in generale.

Come ho spiegato, a quel punto io ero parecchio brillo, e anche lui ha confessato di sentire gli effetti del whisky, non era abituato a bere, ha detto, lo stava facendo solo perché era la *Fête de la musique* e sua moglie era arrabbiata e sentiva di essere arrivato a un punto di svolta nella vita. Sembrava un tipo d'uomo molto determinato e così era, dopo un po' ha proposto una cosa che all'inizio ho pensato fosse molto strana ma che, dopo un momento o due, mi è sembrata del tutto in linea con il suo personaggio, e cioè che avrebbe donato la sua divisa verde da netturbino per aiutare la carestia in Africa, l'Africa era il suo paese d'origine, naturalmente, era sicuro che qualcuno al mercato di Montreuil l'avrebbe acquistata, aveva deciso lì su due piedi che non voleva più lavorare come spazzino, ha detto, quello che stava succedendo era chiaramente parte del suo destino e come tale avrebbe dovuto accettarlo, aggiungendo d'essere superstizioso di natura.

Be', ho detto che era un'offerta molto generosa da parte sua ma forse si sarebbe messo nei guai con le autorità, e c'era da considerare anche sua moglie, insieme al problema di cosa avrebbe indossato, ma lui ha insistito dicendo che sotto l'uniforme aveva una maglietta e un paio di pantaloni di cotone. Avrebbe tenuto gli scarponi, naturalmente, ma per quanto riguardava il resto, inclusi il berretto e persino la ramazza, be', potevo prendermi tutto quanto e buona notte al secchio. Così, con mio grande stupore, si è tolto giacca e pantaloni e li ha gettati nel bidone, ha chiuso il coperchio con un colpo e mi ha rivolto un sorriso enorme, e ha detto che finalmente era libero e la vita era quello che tu ne facevi. Poi mi ha passato la ramazza, mi ha stretto la mano ed è andato via.

È stato solo dopo che era scomparso che mi sono reso conto che, per quanto il suo destino fosse stato trasformato dal nostro incontro, altrettanto lo era stato il mio, decisamente in meglio, di fatto. Capisce? Adesso avevo una divisa.

44

La mia voce mi parla, non so se sto ascoltando una storia o vivendo un sogno, forse un'odissea d'infanzia da uno dei libri di Eva, anche se il viaggio è quello di un bidone per le strade di Parigi, dal salotto di un appartamento alle acque torbide della Senna.

Mi piacciono i libri di Eva, le edizioni illustrate di grandi re e strane usanze. A volte madame Gregory invita Eva a casa sua e in queste occasioni, se madame è impegnata e io ho finito di lavorare e ho sistemato tutto, mi siedo con Eva e sfoglio i libri con lei. Siamo stati in molti posti insieme, sulla Grande muraglia cinese, sulle Ande e sul Machu Picchu, nelle steppe russe, in Australia e oltreoceano, a Tahiti. Una volta ho detto a Eva che le Filippine sono fatte di oltre settemila isole. Non mi credeva, naturalmente, dice sempre Nooo! quando le racconto qualcosa, non è che non sia d'accordo, è solo il suo modo di mostrare stupore davanti a cose che non ha mai sentito prima. Suppongo che sia come me sotto questo aspetto, perché anch'io sento che il mondo è un luogo di dimensioni e ricchezza impossibili, così grande e splendido che nessuna quantità di libri potrà mai descriverlo.

Quindi eccomi lì, che mi accingevo a continuare per la mia strada. Sa, ho deciso subito di indossare l'uniforme da netturbino. Nella traversa non c'era praticamente nessuno, solo un paio di coppie che camminavano verso rue Saint-André-des-Arts, e, non appena sono scomparse, mi sono tolto in fretta il sarong e ho indossato i pantaloni verde acido con le bande fluorescenti sotto il ginocchio. Poi ho indossato la giacca e il berretto e ho fatto scivolare la ramazza tra i manici del bidone. Ho tenuto addosso la camicia con i fiori sopra, sotto la giacca, ho ripiegato il sarong e l'ho messo nel bidone con gli altri vestiti e monsieur Charles. Non avevo le scarpe giuste, portavo i sandali, ma non importava, a tutti gli effetti ero un autentico netturbino inviato dal municipio di Parigi a intraprendere una pulizia preliminare dopo la *Fête de la musique*.

Sì, ero di nuovo invisibile proprio come quando ero nell'appartamento di qualcuno a lavorare come domestico personale. Adesso avevo un'uniforme, dal mio punto di vista spiccavo in mezzo alla folla, ma dal punto di vista della folla non esistevo, adesso nessuno mi avrebbe parlato o guardato, o avrebbe cercato di ballare con me, o avrebbe anche solo notato la mia esistenza. Era quella la mia libertà, la mia stessa irrilevanza. Mentre tornavo a trascinare il bidone in rue Saint-André-des-Arts e poi a sinistra, verso boulevard Saint-Michel, la gente emergeva dal mio stato di ubriachezza ma poi sembrava guardarmi senza vedermi, spesso mi sento così, anche quando non sto lavorando, anche quando non sono invisibile, forse è il mio modo di affrontare la realtà, forse dentro di me c'è qualche meccanismo subconscio che mi protegge dai pericoli trasformando quello che ho intorno in qualcosa di lontano e intangibile, come quando guardo uno dei film al cinema di rue des Écoles, solo che il mio è reale e a colori. Ma ero solo lo spettatore, non ero anche l'attore di quello strano mondo di fantasia?

Mentre camminavo, la mia mente si librava in aria, la mia immaginazione volava nel cielo come un uccello, e io guardavo in basso il mio me che si occupava dei miei problemi, il problema della sopravvivenza. Forse sono pazzo, forse quella notte la mia invisibilità mi ha portato in un posto troppo lontano da cui non potrò tornare mai più, muto testimone delle sordide vie dell'uomo, di tutta la sua segreta malvagità. Capisce, anche allora sapevo che mi era stato assegnato il ruolo di capro, voglio dire di capro espiatorio, in un mistero che si sarebbe risolto solo con il mio sacrificio. La musica, quella musica terribile, incessante, isterica, demoniaca, rifletteva il caos di colpa ed euforia che provavo, e da qualche parte in fondo al cuore sapevo che alla fine nemmeno l'uniforme mi avrebbe salvato.

45

Di sicuro la trasformazione mi ha comunque aiutato, perché adesso vestivo il ruolo anche se non dovevo recitarlo, non era necessario che raccogliessi i rifiuti se non ne avevo voglia, o che spazzassi, potevo semplicemente muovermi al mio passo trascinando monsieur Charles lungo il selciato, tenendo il bidone nell'angolazione speciale così da ridurre il suo peso e diminuire la mia fatica. Adesso sentivo di potermi districare tra i capannelli di gente che vedevo davanti a me in fondo a boulevard Saint-Michel, attraversare fino al lungosenna e dirigermi verso il giardinetto che conoscevo subito dopo la vecchia libreria, dove magari avrei potuto bere un goccio di whisky dalla bottiglia che avevo incastrato tra il piede sinistro di monsieur Charles e la giacca che mi aveva dato l'americano. Dovevo stare attento, però, perché pur non dovendo pulire per forza se non mi andava di farlo, fingendo di essere diretto a svuotare il bidone nel camion della spazzatura, non avrei potuto trascorrere troppo tempo a riposare e bere, perlomeno non fino a quando non avessi raggiunto il punto al sicuro che avevo scelto più in su, proprio sotto le arcate del ponte di Sainte-Geneviève. Dopotutto, per quel che ne sapeva la gente ero un netturbino in servizio.

Gli altri netturbini non si vedevano più, da tempo diretti ovunque fossero diretti, qualche loro punto predestinato che ho immaginato li avrebbe ricondotti sul boulevard Saint-Germain. Io adesso stavo lasciando rue Saint André-des-Arts per avvicinarmi all'enorme assembramento che si era radunato nella piazza davanti alla fontana che si trova in fondo a boulevard Saint-Michel. C'erano persone di ogni tipo, alcune a guardare i gruppi che suonavano, alcune semplicemente sedute lì per terra, altre che ballavano in cerchi. Eppure ancora nessuno sembrava notarmi, non dovevo più spiegare quello che stavo facendo, lo facevo e basta.

La musica era piena di colpi forti e tambureggiamenti e la gente ne sembrava ipnotizzata. Sono passato facilmente in mezzo alla folla, si divideva per me con istintiva cortesia creandomi un sentiero che mi ha condotto all'argine e al mio primo scorcio di fiume. I miei passi erano sicuri e regolari, nonostante l'ubriachezza, adesso era tardi, ovviamente, dovevano essere circa le undici, forse di più, addirittura mezzanotte, ero stato sopraffatto da una determinazione che sembrava essere stata intensificata, anziché ridotta, dal tempo che avevo trascorso a trascinare monsieur Charles e a bere. Sì, bere mi aveva dato energia, mi aveva affrancato da tutta la spossatezza, non avevo alcun bisogno di cibo, mi sentivo rinvigorito, bello carico, come se avessi potuto coprire l'intera distanza che mi separava dallo stesso Gange, da quella pagina nel libro che una volta avevo letto insieme a Eva, tantissimo tempo prima.

Adesso, qui in prigione, ricordo quella falcata determinata con uno strano miscuglio di timore ed emozione. E la cosa più strana di tutte è che la mia paura e il mio orrore per essere bloccato qui in questo posto, in questa cella cupa, sede della mia disperazione, quasi trascendono al ricordo di quell'ubriachezza, come se la stessa ubriachezza fosse stata investita di uno scopo. Potrei mai dire di apprezzare questo posto per un momento, come l'uomo della cella accanto alla mia confessa di apprezzarlo? L'hanno mandato davanti alla commissione per la scarcerazione sulla parola e gli hanno offerto la libertà ma ha rifiutato, ha detto, perché aveva paura di se stesso. La commissione gli ha chiesto quanto tempo avrebbe voluto e lui ha chiesto due anni, che gli sono stati concessi. Me l'ha raccontato ieri, durante l'ora d'aria, e gli ho chiesto se la libertà adesso significhi reclusione. Ma certo, ha risposto lui, da qualche parte deve pur esserci una prigione, se non è qui.

Quando mi ha detto queste cose ero atterrito, ho temuto che forse sarei diventato come lui, a implorare di avere altro tempo come mezzo di salvezza. Ma il momento è passato, così come tutti i momenti sono condannati, o beatamente destinati, a passare, e io sono rimasto con la stessa voglia fortissima di evadere da questo posto di ombre dietro le sbarre e sogni impossibili. Guardo la finestra, ricordo l'uomo nel film che ha trovato la libertà attraverso il suo desiderio di morte e mi chiedo quanto ogni speranza possa essere capovolta dai brutti tiri che le gioca la realtà. Capisce, anch'io sono una speranza capovolta, anch'io incarno gli opposti che diventano uno, lo stesso fatto che penso a me stesso essenzialmente come a una ragazza ne è una prova lampante. Riguardo a quell'uomo che si è buttato verso la libertà, continuo a pensare come sarebbe fabbricarmi una corda per provarci io stesso, se non altro per vedere se davvero la vita può ripetere quel che è già stato inventato.

46

Non riesco a ricordare di preciso quando è stata la prima volta che ho visto mister Penfold, probabilmente quando ho girato l'angolo, ma in qualunque momento sia successo mi ha decisamente scioccato. Capisce, la libreria che vende i libri in inglese era ancora aperta, anche a quell'ora, mister Penfold mi aveva raccontato spesso che la sera andava a fare due passi per andare a vedere i libri, a volte acquistandoli e a volte no, quindi non avrei dovuto sorprendermi di vederlo lì, in mezzo alla folla, con un libro in una mano, la sigaretta nell'altra, in piedi fuori dal negozio, a girare tra gli scatoloni di libri esposti come se fosse solo al mondo e intorno a lui non stesse succedendo un bel niente.

Non sapevo cosa fare. Non avrei osato raccontargli cosa stavo facendo o cosa mi era successo quel giorno, ma forse al tempo stesso lui avrebbe saputo aiutarmi, darmi un qualche genere di sostegno. Dopotutto era uno scrittore, un cantastorie, poteva darmi la soluzione a tutta quella faccenda, all'omicidio, perché, se io non avevo ucciso monsieur Charles, come ho detto, allora doveva averlo fatto qualcun altro. Sa, tutti gli scrittori hanno dei segreti, a volte li raccontano, a volte no, ma la loro stessa esistenza sembra racchiudere un segreto di qualche tipo, o una chiave, piuttosto, che apra ai misteri nascosti. Mister Penfold aveva conosciuto il senhor Ponte, si era mai fatto delle idee su di lui, aveva mai pensato che fosse un tipo sospetto? Qual era il collegamento tra il senhor Ponte e monsieur Charles, considerato che il senhor Ponte era un tipo sospetto e monsieur Charles un procuratore generale? E Raimundo? Era stato stranissimo con me nel bar, quando aveva detto che me l'ero cercata, c'era quasi dell'odio nei suoi occhi mentre lo diceva. Fin dall'inizio Raimundo aveva conosciuto il senhor Ponte, e si sarebbe abbassato a qualunque cosa pur di salvarsi la pelle o vendicarsi. E che dire della chiave dell'appartamento di monsieur Charles, perché era nella tasca sbagliata? E perché mademoiselle Agnès si era accordata con monsieur Charles per farmela avere il venerdì precedente, quando non ne avevo davvero bisogno, perché me la cavavo piuttosto agevolmente senza? Cosa stava succedendo? Cosa, di preciso? Se si fa due più due si potrebbe arrivare praticamente a qualunque risposta, non che neppure questo abbia poi un gran senso.

Ma non ho mai raggiunto mister Penfold. Come avrei potuto? Avrei dovuto mentirgli e l'avevo già fatto una volta quel giorno. Lui mi avrebbe chiesto come stavo e cosa ci facevo in piedi e in piena attività vestito da netturbino, e io avrei dovuto rispondergli che in quel momento mi sentivo molto meglio, anche se erano passate solo poche ore da quando gli avevo lasciato il messaggio in segreteria, e che avevo appena ottenuto un lavoro notturno per il municipio di Parigi. Perciò mi sono limitato a evitarlo. Di certo non avrei potuto dire che stavo trascinando in giro monsieur Charles in un bidone, che era lì dentro morto e a testa in giù, e che avevo in mente di offrirgli un'immersione in stile indù nella Senna. Non che mi avrebbe creduto se l'avessi fatto, nemmeno mister Penfold avrebbe potuto inventarsi una storia del genere, la mia storia faceva sembrare la coppia che si incontrava per caso presso la statua di Delacroix alla fine del suo romanzo la cosa più normale al mondo. Probabilmente nessuno si sarebbe potuto inventare il pasticcio in cui mi trovavo, nessuno scrittore sulla faccia della terra, il che potrebbe convincere lei, avvocato, che le sto raccontando la verità esattamente come è successa.

Capisce, l'altro problema era che arrivato a quel punto stavo molto sulla difensiva, è una cosa terribile da dire ma sul serio non mi fidavo più di nessuno, nemmeno di mister Penfold. Ero convinto di essere il capro, intendo dire il capro espiatorio, il *bouc émissaire*, so bene cos'è un *bouc émissaire*, c'era un dipinto con quel titolo sulla copertina di un libro che madame Gregory una volta aveva sul tavolino che mi ero messo a spolverare un giorno. Io ho detto, Oh, guardi, madame Gregory, qui sopra c'è dipinta una capra, e quello è ciò che era, una capra in piedi nel deserto in attesa che succedesse qualcosa di terribile. Madame Gregory ha detto che originariamente veniva dalla Bibbia, intendo dire la storia, parlava di alcune persone che decidevano di usare una capra che si facesse carico di tutti i loro peccati per portarli nel deserto, così che loro sarebbero stati di nuovo puri come quando erano nati.

Ebbene, io ero confuso e spaventato e ho pensato che forse persino mister Penfold poteva avere qualcosa a che fare con tutto quanto, con me che facevo il *bouc émissaire,* il capro espiatorio, quindi probabilmente è questo il vero motivo per cui l'ho evitato. Erano tutti collegati, capisce, tutti si conoscevano a vicenda e dal momento che tutti si conoscevano a vicenda chiunque poteva aver ucciso monsieur Charles, me compreso − non che l'abbia fatto, certo − anche se è ovvio che nessuno uccide qualcuno solo perché non si prende il disturbo di svuotare la caffettiera nel gabinetto. Ma qual è il movente giusto, il movente legittimo per l'omicidio, sempre se una cosa del genere esiste, se cioè esiste una qualunque giustificazione a commettere un gesto tanto terribile? Qui dentro ci sono persone che hanno ucciso senza nessunissima ragione, ma quello, in sé e per sé, sembra essere un movente quando una persona è giudicata incapace di intendere e di volere, meno valido della ragione, di una giustificazione, quando di fatto non esiste un movente che sia davvero valido. Amore, denaro, passione, avidità, gelosia oppure odio, tutti questi sono dei veri moventi? Spesso la gente fa cose senza motivo, lo fa di continuo, agisce in base all'istinto o a qualche parte del subconscio, del cuore, dell'anima se ne ha una, qualunque cosa sia, la gente spacca tutto, distrugge tutto, uccide altra gente, semplicemente perché quel tutto o quell'altra gente capitano sotto tiro in quel momento. Chiunque è capace di commettere qualsiasi cosa, con o senza una ragione, dunque è per questo che ero spaventato, perché qualcuno potrebbe dire, Sì, Felipe, non

svuotare la caffettiera nel gabinetto è senz'altro un movente valido per assassinare monsieur Charles, tanto più
se ci aggiungi la lite. Voglio dire, guardi l'uomo nell'altra
cella che vuole un dottore, si dice che abbia ucciso qualcuno solo perché ha sentito una voce nella testa e questo è di
gran lunga un movente minore rispetto all'essere costretto
a sturare l'acquaio ogni venerdì solo perché qualcuno non
si prende la briga di fare due passi lungo il corridoio a
svuotare la caffettiera, o sbaglio? Voglio dire che sentire
una voce è un problema di gran lunga inferiore allo stura-
mento dei lavandini, che è l'unica incombenza che non mi
è mai piaciuto svolgere con regolarità.

Sì, potrebbe essere stato chiunque, potrebbe essere stata mademoiselle Agnès che ha agito per ripicca, o in com-
butta con il senhor Ponte, anche se proprio non riesco a
vederla a colpire in testa monsieur Charles con lo sturalavandini gigante. Il che non significa che non avesse qualcosa a che fare con la faccenda, dopotutto quel giorno ha
intenzionalmente provocato la lite e si è anche assicurata
che avessi la chiave quando non me ne serviva una. Forse
è stato Raimundo, forse Raimundo mi odiava così tanto
da assassinare monsieur Charles perché fossi condannato
e spedito in carcere a vita, o impiccato, o qualunque cosa
facciano a quelli come me? Il senhor Ponte poteva pagarlo
parecchio con tutto il denaro che nasconde nelle scatole,
entrambi vengono dal Brasile e da quelle parti gira un bel
po' di assassinio, è probabile che per loro sia un comportamento perfettamente normale. Monsieur Charles potrebbe aver scoperto cosa stava facendo il senhor Ponte
con la polvere bianca e il denaro, la polvere di droga, e
poiché era procuratore generale il senhor Ponte si è dovu-

to sbarazzare di lui. L'uomo che ha chiesto altri due anni mi ha raccontato questa mattina cosa fa un procuratore generale, è un avvocato speciale che agisce per conto del governo, il che in un certo modo spiega tutto, non pensa, avvocato? Non che io stia cercando di fare il suo lavoro, lei probabilmente lo sa già, ma per me è perfettamente ovvio che se monsieur Charles aveva scoperto qualcosa sul conto del senhor Ponte, allora avrebbe benissimo potuto finirci il senhor Ponte qui con l'orribile tavolo che ha "merda" sopra, e non io, e il senhor Ponte non è il tipo di persona che accetta questo genere di cose quando potrebbe fare qualcosa per evitarle, non che io stia cercando di metterlo nei guai o roba del genere, faccio solo un esempio, è tutto per farle capire, per dimostrare che chiunque potrebbe averlo fatto, chiunque potrebbe aver ucciso monsieur Charles. Tranne me, ovviamente.

47

Così ho ricominciato a muovermi, ho semplicemente ripreso a camminare, tirandomi dietro il bidone, finché non sono arrivato ai giardinetti. Forse avevo visto mister Penfold, oppure no, che differenza faceva? Che differenza faceva qualunque cosa, a quel punto? Ero solo, più solo che mai, e non c'era nessuno ad aiutarmi. L'unica cosa importante per me era arrivare al punto che avevo scelto, sotto il ponte, e aspettare il momento giusto per gettare monsieur Charles nella Senna.

Parigi era ancora gremita nonostante ormai dovesse essere mezzanotte quando mi sono fermato davanti al cancello del parco, i giardinetti che a volte attraversavo quando da casa mi dirigevo fino al fiume. Raimundo e io ci sedevamo lì, ogni tanto, sulla panchina che adesso riuscivo a vedere in un angolo ma, ovviamente, a quell'ora il parco non era aperto, il cancello era chiuso con il lucchetto, me n'ero dimenticato, nessuno può entrarci la sera, nemmeno i netturbini comunali, perciò mi sono limitato a restare lì a riprendere fiato come a volte avevo visto fare ai netturbini, per fumare una sigaretta o osservare un collega netturbino spazzare le cunette. Le cunette di scolo! Sì, conosco bene le cunette, mentre mi appoggiavo a quel cancello la mente mi è tornata a quei giorni, ho ripensato a Muracay e a quei giorni perduti di ebbrezza, ovviamente ero ubriaco di nuovo, ma in quel momento non ero steso sulla cunetta, la stavo pulendo, perlomeno era quello che ci si aspettava che facessi lì a Parigi così lontano da casa in quell'uniforme verde acido con le bande fluorescenti sotto il ginocchio e quello, mi è sembrato, è il destino dell'uomo, o giacere disteso in una cunetta o pulirla, qualunque nobile aspirazione possiamo avere alla fine siamo tutti polvere, davvero siamo solo rifiuti di cui occuparsi, che qualcuno deve ripulire, per quanto intelligenti siamo, per quanto ricchi o poveri o meschini o gentili siamo, è questo il nostro destino, venire puliti e sepolti o sparsi ai quattro venti o buttati nella Senna come se fosse il Gange. Siamo spazzatura, tutto qui, da aggiungere al sacco di trenta chili al giorno pro capite di altra spazzatura, assieme a tutti gli imballaggi e i pacchetti e le confezioni e gli scatoloni e i contenitori e gli involucri e i pezzi di carta, dalle liste alle lettere alle poesie che mister Penfold e tutti gli altri poeti potrebbero aver buttato pensando che non fossero belle abbastanza. Di tutto e di più ficcato in sacchetti azzurri, insieme alle bottiglie e alla carta e alle altre cose che non riesco mai a ricordare per salvaguardare l'ambiente, che a modo loro sono tutta spazzatura anche se spazzatura differenziata, che dovrebbe essere suddivisa con cura ma non lo è mai, viene buttata via tutta insieme, le bottiglie e gli scatoloni e la carta e tutto il resto e adesso monsieur Charles.

E così, ho guardato la panchina e ho pensato a me e Raimundo, seduti lì a ridere come facevamo una volta, prima che io andassi a lavorare per il senhor Ponte e poi per gli altri, prima che Raimundo si ingelosisse, prima che mister Agostini mi regalasse la camicia a fiori, prima che mister Penfold mi desse i libri da leggere e da portare a casa e prima che madame Gregory mi istruisse sulle civiltà, le arti e gli esordi delle tenniste professioniste. Prima che me la cercassi. Sì, era stato tutto bello prima di quel momento, troppo bello per essere vero, avrei dovuto saperlo, ero felice e amavo il mio lavoro e tutto andava bene, perciò era destinato a finire, proprio come tutte le cose belle devono finire, non sto dicendo che pulire sia una cosa bellissima da fare, ma il lavoro era un buon lavoro, era bello essere un domestico personale considerato invisibile ma trattato onestamente, avrei dovuto capire che stava per finire quando quel giorno mademoiselle Agnès ha perso la calma con me senza motivo e Raimundo si è arrabbiato ogni volta di più e ha iniziato a picchiarmi, ma non l'ho fatto, ho scelto di ignorare questi segnali, sono semplicemente andato avanti finché non fosse successo qualcosa di molto brutto. Be', qualcosa di molto brutto è successo eccome.

48

In giro c'era ancora un sacco di gente, era una zona trafficata di Parigi, ma parte della folla andava scemando poco alla volta, già, e finalmente qualcuno si era deciso ad andare a casa. C'era una band lì vicino, una sorta di gruppo rock con quattro giovani vestiti di nero che suonavano la chitarra e la batteria il più forte possibile e cantavano parole per me incomprensibili.

Ancor più vicino, una donna anziana ferma sul marciapiede cantava con voce stridula, *C'est payé, balayé, je me fous du passé!*, che sembrava stranamente appropriato date le circostanze, voglio dire l'idea che non gliene importasse un accidente del passato, ogni cosa era stata pagata a caro prezzo e spazzata via. *Non, rien de rien, je ne regrette rien, Ni le bien qu'on m'a fait, ni le mal, tout ça m'est bien égal!*, cantava, la voce a malapena udibile tra i suoni acuti delle chitarre e la cacofonia del gruppo all'altro angolo.

Un po' per il rumore e un po' per l'emozione e un po' per tutto quanto, ho pensato che avrei preso giusto un goccio di whisky, così ho aperto con molta attenzione il coperchio del bidone e ho estratto la bottiglia. Poi, assicurandomi che nessuno mi vedesse, ho preso una gran sorsata, sì, probabilmente era un filino di più di un goccio, e ho rimesso la bottiglia al suo posto, accanto al piede di monsieur Charles. Mentre lo facevo, mi sono sentito battere sulla spalla, il che mi ha fatto venire i brividi. Voltandomi ho trovato un uomo di mezza età dall'aria disordinata, seppure gradevole, che mi fissava intensamente. Sembrava alquanto ubriaco e mi ha chiesto se poteva avere un goccio, così ho rimesso la mano nel bidone e ho tirato fuori la bottiglia. Ho aperto solo parzialmente il coperchio, il meno possibile, ma l'uomo ha visto gli abiti che c'erano sopra monsieur Charles e mi ha chiesto cosa ci stessi facendo con quella roba, intendo dire gli abiti, perciò gliel'ho spiegato. Gli ho detto che li avevo trovati, era stupefacente quello che la gente buttava via, si trovava di tutto, cosa che è parsa divertirlo, era, come ho detto, molto ubriaco, e sembrava trovarlo molto divertente mentre prendeva una gran sorsata dalla bottiglia. Poi mi ha chiesto se avessi trovato anche il whisky e ho risposto di no, l'avevo acquistato, se c'era una cosa che la gente non buttava via era il whisky, anche se buttava via tutto il resto, e lui ha pensato che fosse divertente anche quello, a dire il vero, ubriaco com'era, quell'uomo trovava divertente praticamente tutto.

Ebbene, sono riuscito a riprendermi la bottiglia e ho visto che non era rimasto quasi niente, perciò gli ho chiesto se sarebbe stato disposto ad andare a prendere un'altra bottiglia dal negozio arabo all'angolo se io gli davo i soldi, al momento avevo l'impressione di non potermi muovere da dov'ero, da vicino al cancello. Sta di fatto che lui pensava che fosse un'ottima idea e sarebbe stato felicissimo di aiutarmi, perciò ha preso la banconota da cento franchi che gli ho dato e si è diretto in negozio. Ho aspettato per un po', voltandomi ad ascoltare la signora che cantava con quella voce stridula e domandandomi come sarebbe stato non rimpiangere nulla, perché aveva ricominciato a canta-

re la stessa canzone, e poi mi sono reso conto che stavo
aspettando da un bel po', il che mi ha insieme preoccupato
e scocciato perché avevo parecchia sete, con tutto quell'a-
spettare e tutto il resto. Alla fine ho deciso di andare a vedere cosa fosse successo, perciò ho trascinato il bidone
fino al negozio, era solo a una ventina di metri. Ebbene,
l'uomo che rideva sempre non si vedeva da nessuna parte
quando sono arrivato al negozio, mi sono reso conto che
non mi sarei dovuto fidare della gentilezza che gli avevo
letto negli occhi, così sono entrato a comprarmi una bottiglia nuova e delle patatine, perché avevo fame quanto
sete. Non mi preoccupava lasciare il bidone lì all'ingresso,
potevo vederlo chiaramente e inoltre per tutti ero un vero
netturbino e non l'avrebbe toccato nessuno. Ma sono stato
costretto a voltargli le spalle un attimo per prendere il resto dal cassiere e quando sono tornato a girarmi non c'era
più. Sono schizzato fuori dal negozio e ho guardato a destra e a sinistra e non sono riuscito a vederlo da nessuna
parte, era scomparso, ma poi ho guardato indietro verso il
fiume e ho visto l'uomo che rideva sempre trascinarlo fuori dalla vista sotto un portone, era solo a pochi metri da
me ma stava per aprire il coperchio.

Ebbene, a quella vista gli ho gridato ladro!, penso di
non essere mai stato tanto arrabbiato in vita mia, avvocato, mi ero fidato ed ero stato generoso con quell'uomo e
tutto quel che aveva fatto lui per ricambiare era stato
prendersi il mio whisky, i miei soldi e persino il mio bidone. Perciò sono corso da lui e l'ho tirato per la spalla e gli
ho detto di lasciar stare il bidone, che ciò che conteneva
apparteneva al municipio di Parigi, aveva già rubato abbastanza da me, ma tutto quel che ha fatto è stato continuare

a ridere, perciò ho tolto la ramazza da dove l'avevo infilata nell'impugnatura e l'ho colpito sulla testa con quella, ma piuttosto forte, che è il mio modo di dire adesso basta!, puoi urtare Felipe fino a un certo punto ma non puoi oltrepassare il limite. La botta doveva averlo stordito, ma non abbastanza da impedirgli di reagire, cosa che ha fatto dandomi un pugno, faceva male quasi quanto il pugno di Raimundo la sera prima, anche se era sull'altro lato della faccia, e, come può immaginare, non mi ha certo reso meno furibondo.

C'erano in giro un po' di persone, lì vicino al portone, che, vedendomi in uniforme, hanno preso le mie difese, l'uomo che rideva sempre era parecchio più grosso di me e loro sapevano che era stato lui a creare il casino, così quest'altro uomo, in una giacca di pelle nera, si è fatto avanti e ha dato un pugno fortissimo in faccia all'uomo che rideva sempre, c'era un rivolo di sangue che gli sgorgava dal naso e adesso stava gemendo, invece di ridere, e non ha quasi notato l'uomo con la giacca di pelle nera prendergli di mano la bottiglia di whisky e scomparire nella notte, subito dopo aver svoltato l'angolo.

A quel punto la folla si è dispersa un po' e io mi sono preso un secondo o giù di lì per calmarmi. Avevo lasciato il sacchetto con la bottiglia di whisky e le patatine vicino al negozio, perciò ho trascinato di nuovo lì il bidone per vedere se fosse rimasto là. Qualcuno l'aveva preso. Ho sospirato. C'era solo una cosa da fare. Restando all'ingresso, ho gridato al cassiere di portarmi un'altra bottiglia di whisky e altre patatine e lui mi ha portato tutto, commentando che senza dubbio quella sera ero in vena di festeggiamenti e lo sapevo di avere un occhio nero, anzi, due? Stavo usando il denaro che mi aveva dato il turista in rue de Buci, il che non mi faceva sentire per niente meglio e, parlando in generale, mi sentivo proprio male riguardo a come stava andando la faccenda. Era ora di scendere al fiume. Perciò ho messo la bottiglia di whisky nel bidone e mi sono diretto verso l'argine, l'argine vero e proprio sotto la strada, per finire, se possibile, quello che avevo cominciato.

49

Questa mattina durante l'ora d'aria stavo parlando con Deuxans, è così che lo chiamano tutti, *Deuxans*, perché è l'uomo che ha chiesto altri due anni. Mi ha detto che non tiene più il conto dei giorni, dice che tutti tengono il conto dei giorni, lo faceva anche lui una volta, ma adesso che ha chiesto altro tempo ha smesso, dice che è così che è la libertà, perché se fosse fuori saprebbe che prima o poi verrebbe arrestato di nuovo e starebbe lì a contare i giorni finché non lo rimandano in prigione.

Ha detto che il tormento dell'incarcerazione non è tanto la seccatura del momento quanto il futuro ineluttabile e che lui trovava sempre terrificante quella ineluttabilità, mentre adesso la vive come una consolazione. Gli ho chiesto se gli mancava l'amore e ha detto che non aveva nessun amore da farsi mancare e, anche se ne avesse avuto uno, non gli sarebbe mancato, perché non credeva davvero nell'amore. Io ho replicato che la vita non era niente senza amore e lui ha risposto che la vita non era comunque niente di che. Ma, nonostante tutto, non sembrava particolarmente infelice. Non gli ho chiesto quale reato avesse commesso, che di solito è la prima domanda che ci si fa qui, costituisce parte della tua identità, il tuo reato, ma per me è chiaro che il reato che costituisce la sua identità è il rifiuto dell'amore. Ebbene, dopo quello siamo semplicemente andati avanti a parlare del tempo, che è un argomento senza barriere, senza mura, senza sbarre. È l'unica conversazione di un certo spessore che abbia avuto da quando mi hanno messo qui e tutto quello che posso dire di avere imparato è che ognuno trova il suo modo di sopravvivere e che qualunque sia il prezzo da pagare va bene, anche se significa rinunciare all'amore, credo io. Io sopravvivrò semplicemente parlando, parlando in questo apparecchio, e aiutando lei a trovare gli indizi giusti, avvocato, come quando ero un bambino, con Alfonso, il pescatore, che cercavo di trovare le stelle giuste nel cielo.

Mentre siedo qui all'orribile tavolo con "merda" sopra, vedo me stesso camminare e trascinare il bidone fino al fiume, dimenticando l'uomo che non riusciva a smettere di ridere finché non gli hanno dato un pugno sul naso e l'altro con la giacca di pelle nera che gli ha dato un pugno, dimenticando certe cose e ricordandone altre, come se avessi una scelta in merito, come se potessi in qualche modo controllare ciò che penso, quando non sono io a controllare niente ma il registratore.

Mentre superavo i giardinetti, mi sono fermato per un istante dov'ero prima, di fronte al cancello, a guardare il cielo. Mi sentivo girare la testa per le botte e per tutto il whisky e tutto il resto che avevo bevuto. Ho preso il sacchetto di patatine dal bidone e le ho mangiate lentamente, prendendo un goccio di whisky qua e là e guardando di nuovo in alto, cercando di ricordare la stella che cercavamo sempre io e Alfonso, tanto tempo fa. Ero intontito e scosso, adesso era tardi, ben oltre la mezzanotte, eppure i musicisti suonavano ancora e la gente ballava, anche se la donna con la voce stridula se n'era andata da qualche altra parte a non rimpiangere niente. Sapevo di dovermi muovere in fretta, scendendo giù lungo l'argine, ma, per il momento, mi sono limitato a restare lì e mangiare le patatine e bere e aspettare.

È stato allora che ho visto due gendarmi, erano apparsi da una traversa e stavano camminando lentamente verso di me, perciò ho rimesso le patatine e il whisky nel bidone e ho attraversato la strada al semaforo e mi sono messo a risalire il fiume, sul marciapiede sopraelevato su cui c'erano i venditori di libri usati. Ero diretto al ponte successivo, ma uno in cui sapevo che c'era modo di scendere al fiume, avevo intenzione di dare a monsieur Charles un decoroso funerale galleggiante in stile indù e avevo avuto in mente quel posto per tutto il tempo, era dove eravamo andati una volta io e Raimundo, poco dopo esserci conosciuti, un punto tranquillo sotto l'arcata del ponte verso l'estremità dell'Île Saint-Louis, quella dove c'era la statua di Sainte-Geneviève.

Sul marciapiede c'erano persone che camminavano lentamente, forse dirette a casa, forse con in animo di andare a Saint-Germain a trovare altra musica, riuscivo ancora a sentire dei gruppi suonare, ma in lontananza, adesso, era un suono strano, un suono di sottofondo, perché adesso me ne stavo allontanando e la testa mi girava tantissimo. Ormai non mi mancava più molto e trascinavo fiduciosamente il bidone sicuro di me, così che tutti pensassero che ero quello che sembravo, un netturbino diretto a fare altre pulizie. Mentre procedevo guardavo giù verso il fiume, era nero e luccicante e a malapena increspato, e ho visto passare un *bateau-mouche*, le luci che salivano attraverso gli alberi e la strada sino agli edifici di fronte, facendoli sembrare irreali come se fossero fatti di cartone, e mi sono meravigliato della città che avevo fatto mia, che avrebbe potuto essere mia per sempre se non me la fossi cercata, se non fossi finito a trascinare giù per la strada un bidone con dentro un cadavere. La musica diventava sempre più flebile e c'erano sempre meno persone, solo una o due, mano nella mano, che mi superavano, e io ho alzato gli occhi al cielo, ricordando la stella che sorge a est e segue il sole, visibilissima al crepuscolo e all'alba ma che a volte si può vedere in città, se si sa dove guardare, malgrado il fumo e le auto e le nubi e le esalazioni di tutti i rifiuti che bruciano, che è quel che si deve fare con tutto quanto non si seppellisce. Era Venere, ecco cos'era, la stella del mattino, e io mi ci stavo dirigendo, era lei, seconda solo al Sole, che avrebbe vegliato su di me e forse detto una piccola preghiera per monsieur Charles quando l'avessi gettato nell'inchiostro nero, che è quello che i poeti usano nelle loro lunghe nottate per scriverci poesie.

50

Sembra che la testa mi faccia sempre male, mi fa male di continuo. Ovviamente è stato Raimundo il primo a colpirmi, quando abbiamo avuto la lite e gli ho dato del fedifrago, poi c'è stato l'uomo che rideva sempre, e poi alla fine sono caduto. Sono sicuro che presto succederà qualcos'altro e ricomincerà a farmi male. Anche adesso, quando mi sveglio in questa cella, sembra far male. Ovunque sia stato, ovunque sia, che stessi camminando giù per l'argine con il mio bidone o che sia seduto qui nella cella, la testa mi fa male. Farei qualunque cosa per farla smettere. Qualunque.

Avevo trovato la rampa con il selciato che porta al fiume e ho trascinato il bidone giù sul pavé. È stato faticoso perché anche se ero in discesa le ruote continuavano a incastrarsi negli spazi tra i ciottoli, perciò ho dovuto usare tutta la mia forza. Quando sono arrivato in fondo, ho trascinato il bidone verso il ponte e fino all'arco in cui avevo stabilito di fermarmi, fermarmi definitivamente. Ho alzato gli occhi verso il cielo ed ecco là Venere, a est, non c'era praticamente nessuno a guardarmi, o a ignorarmi, ero ancora un semplice netturbino per le poche persone che mi vedevano e sapevo che, prima o poi, sarei rimasto solo, perfettamente solo, e in grado di fare quel che dovevo fare.

E mentre camminavo ho pensato a Raimundo, ho pensato alla volta che eravamo andati lì, tanto tempo prima, e ho pensato alla prima volta che ci eravamo incontrati, quando sono andato alla lavanderia a gettoni per lavare delle lenzuola per madame Isabelle. Era stato quando Jésus Enrique aveva accettato il posto all'Alabama e io l'avevo sostituito per una settimana o giù di lì. Ebbene, madame Isabelle aveva una lavatrice ma l'asciugatrice era rotta, perciò quando avevo lavato le lenzuola le avevo portate alla lavanderia per farle asciugare. Ed ecco lì Raimundo, che lavava i suoi vestiti. Avevo messo le lenzuola nell'asciugatrice e mi ero seduto a guardarle girare e girare come innamorati che litigano d'estate, girandosi da una parte all'altra per mettersi sulla difensiva, e quando le lenzuola si erano asciugate le avevo tirate fuori e avevo cominciato a piegarle, e a quel punto Raimundo si è alzato da dov'era seduto, vicino alle lavatrici, per aiutarmi. È stato così che ci siamo conosciuti, piegando le lenzuola, e poi siamo diventati come le lenzuola nell'asciugatrice, a litigare e azzuffarci per avere ragione, che è come è finita tra noi, nella gelosia, nella rabbia e nella frustrazione che capitano nella vita quando certe cose stanno bene a uno ma non all'altro, non che tutte le storie d'amore debbano essere così, anche se concordo con mister Penfold che dice che tutte le storie d'amore di fatto sono la stessa storia d'amore alla fine, all'inizio, in mezzo, con due che si incontrano e poi si separano e poi si riuniscono, che è come dice Oscar Wilde, non c'è niente di originale nell'arte, solo nel modo di esprimere le grandi verità, lo sapeva pure Shakespeare, no, anche se ammetto che Romeo e Giulietta non hanno avuto molta fortuna quando è finita.

Questo è ciò che pensavo mentre trascinavo il bidone lungo l'argine e alla fine mi sono fermato sotto il ponte, così da poter ancora vedere Venere a est in un cielo incorniciato dall'arco. Capisce, il mio viaggio era giunto alla fine, un viaggio tra tanti, perché tutte le nostre vite sono fatte di viaggi di un tipo o di un altro, che siano viaggi veri o immaginari, la vita è un viaggio, l'amore è un viaggio, il nostro destino è un viaggio, e questo è ciò che tutti finiamo per accettare, anche se è difficile accettare l'idea di un viaggio che comprenda un bidone con un cadavere dentro. Ebbene, il viaggio di monsieur Charles era giunto al termine e adesso stava per intraprenderne uno nuovo, l'avrei

spinto delicatamente nella Senna e gli avrei lanciato un
fiore, se fossi riuscito a trovarne uno, cioè, perché ricordavo benissimo di aver visto dei fiori nel libro di Eva, e almeno un fiore che galleggiava sul Gange.

51

La notte scorsa pensavo di nuovo all'uomo del film,
l'uomo che si fabbrica una corda con non-ricordo-cosa e
cerca di impiccarsi, ma invece butta giù le sbarre della finestra. E mi sono chiesto se fosse possibile anche per me
fabbricarmi una corda con qualcosa così da poter fare lo
stesso, liberarmi pure io. Farei di tutto per andarmene di
qui, non so quante notti e quanti giorni posso reggere qui,
da solo, a parlare nel registratore e ad aspettare un raggio
di luce, o ad ascoltare il suono del mare dalla conchiglietta
che tengo nascosta, mentre ricordo tutto quanto.

Ho cominciato a riflettere su cosa potrei usare come
corda, pensando che magari il lenzuolo sarebbe potuto andar bene, se ne avessi strappato una striscia, capisce, mi
sentivo così solo e disperato mentre me ne stavo lì a notte
fonda, senza sapere se sarei mai riuscito a dimostrare la
mia innocenza. È come ho detto, avvocato, io non ho ucciso monsieur Charles, nessuno uccide qualcuno solo per
quello, e cioè perché non fa la cosa giusta svuotando i fondi della caffettiera nel gabinetto. Non ha senso. Perciò
sono sceso dal letto, ho strappato una lunga striscia dal
lenzuolo e l'ho provata annodandola intorno al raccordo a
U sotto il lavello e tirando più forte che potevo, ma non
avevo stretto bene il nodo e il lenzuolo si è staccato facendomi finire col sedere per terra.

Per il momento ho lasciato perdere l'idea e mi sono seduto all'orribile tavolo con "merda" sopra, fissando la finestra e le sbarre che la attraversano, le tre sbarre di ferro, e ho guardato le stelle in cielo. Quando ero piccolo ne sapevo identificare una cinquantina così, con una semplice occhiata, me lo ha insegnato il pescatore Alfonso, ma in quel momento non riuscivo a vederne nessuna che conoscessi, non avrei saputo dire se fosse perché non ne ricordavo i nomi o perché lo scorcio di cielo che vedevo era talmente piccolo che le stelle sembravano tutte slegate le une dalle altre. Poi ho preso la pastiglia che ci danno per farci o per aiutarci a dormire, che mi fa sempre sognare sogni totalmente impossibili. E poi era di nuovo mattina e la testa mi pulsava anche più del solito. È stato solo quando mi sono alzato dal letto che ho visto il lenzuolo lì per terra, e mi sono spaventato, sa, perché quando mi ero svegliato avevo pensato di aver sognato il lenzuolo e il raccordo a U e poi invece ecco lì il lenzuolo. Il mio sogno era diventato reale, che è quello che fanno certe volte i sogni se non stai attento.

Non c'erano fiori lì in giro, è qui che ero arrivato ieri, stavo dicendo che volevo trovare un fiore per monsieur Charles. Perlomeno, io non riuscivo a vederne neanche uno. E poi mi sono ricordato di avere la camicia con la stampa a fiori, quella che aveva irritato così tanto Raimundo perché me l'aveva regalata il signor Agostini, di fatto era stata la camicia a fiori a rendere Raimundo più nervoso e geloso di quanto lo avessi mai visto prima. Ebbene, la camicia a fiori aveva proprio tantissimi fiori, perciò forse se non fossi riuscito a trovarne di veri in qualche modo avrei potuto usare quelli sulla camicia per il funerale galleggiante in stile indù. Mi stavo giusto chiedendo come fare di preciso quando ho visto un cestino dei rifiuti sull'argine da cui spuntavano alcune rose, rose vere, forse regalate a qualcuno che si era arrabbiato con la persona che gliele aveva regalate, un lui o una lei, era impossibile dirlo, così sono andato fino al cestino, ho tolto i fiori e li ho portati dov'ero prima, in modo da usarli in seguito per il funerale galleggiante. Ero molto contento di salvare i fiori, sa?, prima erano diventati spazzatura ma adesso sarebbero tornati a essere di nuovo fiori.

Ormai era molto tardi, però lungo l'argine si vedevano ancora alcune persone in piedi presso la riva del fiume a guardare Parigi, non avrei fatto niente finché non se ne fossero andate, voglio dire, non mi sarei certo messo a tirare fuori monsieur Charles dal bidone finché non fossi stato solo e al sicuro altrimenti mi avrebbero catturato, perciò ho preso un goccio di whisky e ho osservato Parigi come gli altri, pensando per tutto il tempo a tutto quel che era accaduto quel giorno. Dovevo aspettare, tutto lì, ma tutt'a un tratto cominciavo a sentirmi stanchissimo, dopo tutto quello che era successo, stavo cominciando a rilassarmi, cosa che mi ha parecchio turbato, non volevo certo addormentarmi così, prima di aver fatto quel che dovevo. Perciò ho aspettato e ho pensato a ogni cosa possibile pur di restare sveglio.

Capisce, non solo ero stanco, ero anche stordito per i colpi alla testa ed ero ubriaco per tutto il whisky e il resto. Volevo disperatamente sedermi un attimo, ma sono rimasto dov'ero, tenendo gli occhi ben aperti e continuando a guardare le stelle nel cielo, ricordando Alfonso, il vecchio pescatore, e la strana abitudine che aveva di infilarmi la mano sotto il sarong quando meno me l'aspettavo. Capisce, ad Alfonso non importava minimamente quando gli ho raccontato che pensavo di essere una ragazza, perché per lui era perfettamente normale.

52

Questa mattina ho deciso di intrecciare le tre strisce di lenzuolo per renderla più forte, intendo dire la corda. Quando Felipe fa una cosa, gli piace farla con tutti i crismi, che sia un cappio come qualunque altra cosa, possono accusare Felipe di omicidio ma non lo accuseranno di non aver saputo intrecciare un cappio come si deve.

Il lenzuolo si strappa molto facilmente in strisce sottili, è la trama, o la tessitura, simile a quella dei giornali, si riesce sempre a strappare un giornale in verticale, ma provi a farlo in orizzontale e vedrà com'è difficile. Conosco bene queste cose, non sono un domestico personale mica per niente, a suo tempo ho sbrigato praticamente qualunque incombenza personale possibile, dal ritagliare articoli di moda dal giornale per il signor Agostini quando lui non riusciva a trovare le forbici allo sbarazzarmi di un cadavere. Ebbene, questa specifica incombenza non l'ho mai sbrigata prima ma ho intenzione di sbrigarla al meglio delle mie capacità, proprio come l'uomo nel film, o quanto più possibile riesca ad andarci vicino.

Moriremo tutti a un certo punto, questa è l'unica certezza, so che alla maggior parte della gente non piace pensare alla morte, a loro piace fare e pensare ad altre cose per distrarsi da quel pensiero, come fare alpinismo e andare alle Olimpiadi. Ma non posso dire che quel che ci succede intorno, quel che la gente fa e pensa, faccia la minima differenza riguardo a questa realtà di fondo, che è che tutti siamo mortali e alla fine moriremo, che sia di cause naturali o innaturali, come avere un infarto o precipitare da una montagna. Come quando si fa alpinismo, che potrà pure essere una distrazione dalla morte ma è una distrazione pericolosa, il che mi porta a domandarmi se il vero scopo della vita non sia flirtare con la morte, metterla alla prova e cercare di sconfiggerla al suo stesso gioco, come le corride, che mi piace guardare in televisione i venerdì sera. Sì, la corrida è come la vita, non è solo una lotta tra un uomo e un toro ma tra un uomo e se stesso, tra la sua competenza tecnica e il coraggio necessario a superare il suo stesso istinto di sopravvivenza. Uccidere un animale che si ama è più complicato che affrontare semplicemente la morte, ha detto una volta uno scrittore in un libro che mi ha prestato mister Penfold.

Perciò ho strappato il lenzuolo in tre strisce precise, e non mi ci è voluto molto a intrecciarle per bene. Ero molto soddisfatto della mia opera, l'unico problema era legare la corda a una delle sbarre della finestra, che si trovava molto in alto sulla parete. Ho capito che l'unico modo per riuscire a farcela sarebbe stato mettendo la sedia sull'orribile tavolo con "merda" sopra per poi salirci, non sono una persona alta, come sa, ma facendo così sono riuscito ad arrivare alla sbarra centrale con le mani. Poi sono sceso in fretta, non volevo che uno dei secondini sferraglianti sbirciasse attraverso lo spioncino e mi cogliesse in fallo, sbirciano sempre durante la giornata, lo fanno a intervalli strani, ho pensato che avrei aspettato stasera, dopo il tramonto. Dopotutto, se il mio piano funzionasse, dovrò scappare attraverso la finestra, e la notte sarebbe il momento migliore per farlo e, be', se non dovesse riuscire, cosa a cui non volevo pensare troppo, non importerà comunque, tanto sarò morto, che è quello che a un certo punto succede a tutti, per quanto cerchiamo di distrarci.

53

Eccomi lì, aggrappato all'impugnatura del bidone, in attesa di essere abbastanza solo da fare quel che dovevo fare. Sbarazzarmi del cadavere. Avevo terminato la bottiglia di whisky, il che significava che avevo bevuto più di quanto avrei dovuto per fermarmi, ho detto che non so mai quando fermarmi, ma devo dire che raggiungo sempre un punto, prima o poi, in cui per un po' non ho più bisogno di un altro goccio, che solitamente è il punto in cui mi accascio nelle cunette. Ma questa volta non volevo accasciarmi nelle cunette, avevo un lavoro da fare.

Ero proprio stanchissimo mentre me ne stavo lì in piedi a tenere gli occhi aperti fissando con tutte le mie forze la riva opposta del fiume, riuscivo persino a vedere l'estremità dell'appartamento di madame Gregory sull'Île Saint-Louis, l'ho immaginata che dormiva nella sua stanza, la cui finestra era appena fuori dalla mia visuale, dietro un platano. Ma riuscivo a vedere la stanza in cui a volte si fermava a dormire Eva, era in fondo, le tende erano aperte, era Eva quella, lì a vegliare su di me? Guardavamo sempre fuori da quella finestra, il ponte e la statua che vi si innalza sopra, quella di Sainte-Geneviève che ha salvato Parigi da Attila l'unno e ha fatto un sacco di opere di bene.

Riuscivo a vedere una forma piccola, bianca, come un angelo, lì in piedi alla finestra, ma, di nuovo, potrei averla immaginata, è quello che succede quando bevo, immagino cose, spesso immagino cose belle e poi immagino cose non belle, come l'alligatore. Ebbene, Eva è quanto di più bello si possa immaginare, perché le voglio tantissimo bene, con quel suo sorriso e gli occhi luccicanti e il suo modo di essere. Ho guardato quella che pensavo fosse lei e poi ho guardato il cielo notturno, sì, era molto tardi, e nonostante l'effetto delle luci della città e la sporcizia del cielo con i fumi e lo smog riuscivo a vedere diverse stelle, di cui Venere era ovviamente la più luminosa, a est. Non saprei dire a cos'altro ho pensato, la mente mi saltava da una cosa all'altra in modo assolutamente caotico, forse ho pensato a Raimundo, chiedendomi cosa stesse facendo, se fosse a casa o ancora al Bar Bossa, a bere e flirtare con la ragazza, e al modo in cui mi aveva guardato con odio quando ha detto che me l'ero cercata. Sì, quella probabilmente è stata l'ultima cosa a cui ho pensato.

Devo essere caduto molto forte sui ciottoli che erano ai miei piedi ma che mi era sembrato si sollevassero a colpirmi la testa, perché sono finito a terra quasi privo di sensi. E lì sono rimasto disteso, praticamente immobile, non saprei dire per quanto. Capisce, il mio errore è stato cercare di rimanere sveglio semplicemente in piedi da fermo, sarebbe stato meglio sedermi sul pavé, ma ormai non faceva più nessuna differenza, ormai non riuscivo più a fare o pensare a niente a parte sognare finché non è accaduta la cosa successiva.

Quando ho aperto gli occhi era l'alba. Non riuscivo a muovermi per il dolore alla testa, era un dolore acuto, persino peggiore di quello causato dai colpi precedenti, riesco ancora a sentirlo mentre ascolto la mia voce che lo descrive. Sì, ero tornato nella cunetta. Intorno a me c'era un gruppo di persone in cerchio, festaioli che erano rimasti in piedi tutta la notte, due gendarmi che ricordavo dalla sera precedente quando ero all'esterno del giardinetto e i netturbini, tre, che avrebbero potuto essere gli stessi che avevo visto prima, era difficile dirlo, guardandoli così dal basso.

Il bidone era sparito, e così anche la ramazza. Ho guardato tra le gambe del gendarme più vicino a me e sono riuscito a vedere, leggermente più in là, su quella parte dell'argine che forma una carreggiata o un vialetto, proprio ai piedi della rampa che conduce alla strada, un camion dei rifiuti con il mio bidone per l'ambiente – sì, ormai sapevo riconoscerlo come fosse mio - ribaltato dalla benna idraulica attaccata al retro del veicolo così che il coperchio colorato scendeva verso il basso, ondeggiando lievemente nella brezza dell'alba. E lì, sui ciottoli, giaceva invece un corpo, che poteva essere solo monsieur Charles, nascosto da una coperta. Vicino c'erano uomini di un'ambulanza dei pompieri, arancione sotto le luci lampeggianti del camion. Due dei pompieri stavano venendo in fretta verso di me con una barella, e la gente si è separata per lasciarli passare. Si sono fermati per un attimo, guardandomi come fossi un fagotto di qualcosa, poi mi hanno sollevato e messo sulla lettiga. Uno dei gendarmi si è fatto avanti per ammanettarmi insieme i polsi e io ho richiuso gli occhi. Be', che altro avrei potuto fare?

54

Mentre sono qui ad aspettare che scenda la sera, sto pensando alle lenzuola. Il lenzuolo intrecciato di cui ho fatto una corda. E le lenzuola che Raimundo mi ha aiutato a piegare in lavanderia. Sì, tutto è iniziato con delle lenzuola e presto finirà con un lenzuolo. Per quanto riguarda la storia centrale, be', perché le storie d'amore devono sempre avere un centro? Perché tutto deve avere un centro? C'è qualcosa di poco eccitante nel centro, che è la ragione per cui certe persone cercano di arrivare subito alla fine, non vogliono aspettare, vogliono sapere la fine perché sanno che spiegherà tutto. Be', nel caso sia quel che ha fatto anche lei, avvocato, questa è la fine, la cassetta è quasi terminata e la luce sta calando.

Ho trovato di nuovo la conchiglietta. L'avevo persa per un po' e poi ho ricordato dove l'avevo nascosta. A volte bisogna stare attenti a nascondere le cose, così da non nasconderle a se stessi. Ebbene, di solito la nascondevo dietro il tavolo in una crepa del muro, ma per qualche ragione l'ho ritrovata sotto il materasso. Perciò me la sono portata all'orecchio e sono riuscito a sentire di nuovo il rumore del mare, come una volta l'ho sentito con Alfonso, sulla sua barca. Il mare ha un suono diverso a seconda di dove ci si trova, non è un suono universale, produce anche tipi di musica diversi durante il giorno e la sera, non credo esista un suono tanto meraviglioso quanto il rumore che fa un'onda che si ritrae dalla spiaggia e si ricongiunge al mare.

Sta diventando sempre più buio, riesco a sentirlo. Presto sarà ora. Io aspetto qui, parlando nel registratore, e mi ritrovo a pensare a tutto il denaro e alla polvere bianca di droga nelle scatole da scarpe e il resto per via della camicia da smoking, capisce, se non fosse stato per la camicia da smoking non avrei mai scoperto che il senhor Ponte era un uomo sospetto. Capisce, quel mattino, che è stato una settimana prima che trovassi monsieur Charles lungo ammazzato sul tappeto o giù di lì, non riuscivo a trovarla, la camicia da smoking. Il senhor Ponte aveva detto che me l'avrebbe lasciata fuori da stirare insieme alle altre camicie, sull'asse da stiro. Ho pensato che fosse importante, perché il senhor Ponte indossava sempre una camicia da smoking quando era fuori, in realtà indossava la stessa camicia anche al cocktail party, credo che quella camicia fosse importantissima per lui, perché era di Christian Dior e molto costosa, con le sue plissettature sul petto e il resto, che ci vuole sempre tantissimo tempo per stirarle come si deve. Ebbene, quel mattino la camicia non era là sull'asse da stiro, perciò sono andato a vedere se riuscivo a trovarla, come dico sempre, mi piace fare un buon lavoro, è il mio lavoro fare un lavoro fatto bene, perciò sono andato a cercarla dappertutto, e meno riuscivo a trovarla, più m'intestardivo. Così ho iniziato a guardare in tutti i posti in cui non avevo mai guardato prima, chiedendomi dove potesse essere. Ho controllato la lavatrice in caso fosse rimasta dentro per errore, incastrata contro il cestello, poi ho guardato nell'asciugatrice, poi nel cassettone in camera da letto e infine nell'armadio, capisce, ho pensato che forse il senhor Ponte credeva di averla indossata quando in realtà non l'aveva per niente fatto, che fosse ancora pulita e stirata dall'ultima volta che l'avevo lavata e stirata, così ho dovuto controllare l'armadio, giusto in caso fosse nascosta o infilata da qualche parte in cui il senhor Ponte non riusciva a vederla, anche se non ero tenuto a guardare nell'armadio, io dovevo mettere le camicie stirate sull'attaccapanni. Ed eccola lì, non appesa nell'armadio, che è dove doveva averla messa il senhor Ponte, ma in un mucchietto sul fondo sopra le scatole da scarpe, in qualche modo doveva essere caduta dalla gruccia, capisce, magari perché la gruccia era troppo piccola. Ebbene, quando mi sono piegato per raccoglierla, pensando che fosse pulita ma che forse avrebbe avuto bisogno di un'altra stirata, per caso ho sfiorato una delle scatole da scarpe e l'ho aperta, e ho scoperto che era piena di denaro, perlopiù banconote da cinquecento franchi, non nuove ma usate, tutte legate in mazzette. Non ho potuto fare a meno di guardare nelle altre scatole da scarpe e anche quelle erano piene di denaro, dovevano esserci centinaia di migliaia di franchi in quelle scatole in fondo all'armadio, insieme all'ultima scatola in fondo che conteneva la polvere di droga bianca.

E non è tutto. Questa mattina ho ricordato un'altra cosa di cui non ho parlato prima. Quando ho pulito l'appartamento di monsieur Charles, dopo averlo trovato là disteso sul tappeto, le ho detto che Felipe si guadagna i suoi soldi e non si limita a prenderli senza aver svolto il suo lavoro, ho visto un pezzo di carta che era caduto dalla scrivania di monsieur Charles sul pavimento. Capisce, era scivolato sotto la scrivania e l'ho visto solo quando mi sono piegato a svuotare il cestino della carta straccia. E su quel pezzo di carta, monsieur Charles aveva scritto qualcosa a penna. Diceva "Ponte" e poi un punto interrogativo e poi "valigia diplomatica".

Durante l'ora d'aria di oggi, Deuxans mi ha fatto mille domande su cosa avevo fatto per trovarmi qui, me l'aveva già chiesto prima ma da quando gli ho chiesto cosa fosse un procuratore generale si è interessato a me in modo particolare. Allora gli ho raccontato del denaro nelle scatole da scarpe e della polvere bianca e del pezzo di carta con scritto Ponte e valigia diplomatica e lui mi ha afferrato per la spalla e mi ha detto Felipe, a me non sembra un gran mistero, il senhor Ponte stava abusando del suo grado di diplomatico per far entrare la droga nello Stato e poi venderla, cosa che spiega tutto quel denaro, e monsieur Charles l'ha scoperto, essendo monsieur Charles un procuratore generale.

Per lui era chiaro, ha detto, che il senhor Ponte aveva pagato Raimundo per uccidere monsieur Charles, perché Raimundo mi odiava e voleva vendicarsi di me per la camicia a fiori e tutto quanto, e perché ne avrebbe potuto ricavare del denaro. Per quanto riguarda mademoiselle Agnès, è sempre stata più intima del senhor Ponte che di monsieur Charles, ha intenzionalmente scatenato la discussione per far sembrare che io fossi arrabbiato con monsieur Charles e ha fatto in modo di farmi avere la chiave, forse persino all'insaputa di monsieur Charles, così che io fossi in grado di intrufolarmi nell'appartamento di notte e commettere l'omicidio, non che l'abbia fatto, significava solo che Raimundo poteva prendermi la chiave di tasca e farlo lui stesso, l'unico errore è stato che quello stupido mezzosangue dopo ha rimesso la chiave nella tasca sbagliata dei pantaloni. Questo è quello che mi ha detto Deuxans questa mattina, capisce?

No, io non ho ucciso monsieur Charles, anche se tutte le prove sono contro di me, incluse le macchie di caffè sul colletto della camicia di monsieur Charles e le macchie di caffè sulla mia per via dello sturalavandini gigante, per non parlare della vicina cieca che afferma di avermi fiutato quasi fosse un cane quando quella mattina ho lasciato l'appartamento con monsieur Charles sulle spalle. Ma è come ho ripetuto in continuazione, nessuno uccide qualcuno solo perché non si prende il disturbo di fare la cosa giusta e svuotare la caffettiera nel gabinetto, non ha senso, anche se essere stato sorpreso a cercare di sbarazzarmi del cadavere fa sembrare a tutti praticamente certo che io abbia fatto quello che continuo a dire che non mi sognerei mai di fare, che è uccidere qualcuno. Dopotutto, ho solo deciso di sbarazzarmi del cadavere perché non volevo cacciarmi nei guai con le autorità.

Lei mi crede, avvocato, mi crede? Qualcuno mi crede? Perché se questo, quello che sto facendo con il lenzuolo intrecciato, non funziona, o piuttosto se funziona, cosa che non è detto faccia, in teoria dovrebbe tirar via una sbarra dalla finestra, allora sarà finita e tutto quello che rimarrà saremo io appeso a un lenzuolo e il registratore con dentro tutto quel che ho detto, la mia testimonianza, la mia storia, non un'invenzione ma la verità, tutta la verità e nient'altro che la verità.

Sto ancora parlando nel registratore mentre salgo sull'orribile tavolo con "merda" sopra e poi sulla sedia. Mi sono messo il cappio di lenzuolo intrecciato intorno al collo e ho stretto più forte che potevo e mi sono incastrato il registratore tra i piedi, sto alzando la voce così che riesca ancora a sentirmi, ma non troppo forte, ovviamente, non voglio che mi senta uno dei secondini sferraglianti, e adesso mi sto protendendo verso l'alto per legare l'altro capo alla sbarra della finestra, non riesco a ricordare se si debba legare quel che si sta usando prima alla sbarra o prima al collo, non penso che faccia tanta differenza alla fine, tutto quello che conta è che la sbarra venga via dalla finestra così che io poi possa saltare verso la libertà, l'unico problema è che per me è difficile fare un nodo come si deve allungandomi verso l'alto in questo modo, se la sbarra tiene e il mio collo tiene e il lenzuolo intrecciato tiene, niente di questo servirà a molto se il nodo non è stretto come si deve, semplicemente finirò sul pavimento e andrò fuori combattimento per l'ennesima volta. Ecco fatto, adesso è tutto pronto e, avvocato, mi dispiace se è una testimonianza un po' lunga, ma mi ha detto di raccontarle tutto esattamente come è succ

Simon Lane
Autobiografia

Simon Lane è nato nel bel mezzo dell'Inghilterra, il più lontano possibile dal mare in ogni direzione e il più vicino al cuore del vecchio leone, il cui battito ha udito chiaramente nelle storie ruggenti al bancone di un pub, aneddoti di un'irreprensibile arguzia ed estraniamento che assieme alla poesia avrebbero fatto di lui uno scrittore. L'arte si fa e si osserva, si digerisce, si espone con cura in quella galleria ambulante che è la memoria al lavoro per la posterità e naturalmente per la propria salvezza. Come la poesia, tutta l'arte è un problema autoimposto da risolvere in maniera coerente e Lane ha avuto il privilegio di scrivere delle risoluzioni di quanti hanno fatto in modo che lui si fermasse, contemplasse e involontariamente ricordasse. La curiosità eterna prova che non faremo la fine del gatto e che tutti i poeti e artisti, se sono bravi, ci invitano, quando non lo richiedono espressamente, all'attenzione e a qualche genere di risposta. L'educazione di Lane in una scuola d'arte londinese e i conseguenti anni di vita adulta in un esilio nomade e indispensabile – Berlino, New York, Portogallo, Parigi, e, dal 2001, Rio de Janeiro – lo hanno preparato a una visione del mondo i cui confini sono così sconfinati da vedersi a stento, permettendogli la modesta e del tutto personale autorità di cui aveva bisogno per rendere giustizia alle fatiche del comportamento artistico: fare del poeta un critico, combinare parole per trovare

connessioni segrete e misteri. Addestrato a osservare prima di commentare, proprio come il saggio si ferma prima di reinventare il destino personale del singolo, Lane si è sempre appassionato alla giocosità dell'arte, alle sue trappole seducenti e alle sue deviazioni, proprio come si è sempre appassionato alla vita, al più dolce mistero di tutti, che si confonde con i frutti e i furti della natura.

Simon Lane, un gemello omozigote, nasce nel 1957 a Solihull, nelle West Midlands. Frequenta scuole d'arte e si laurea in scenografia teatrale. Quindi si imbarca in una vita girovaga, soggiornando per lunghi periodi a Berlino, New York, Milano e in Portogallo, dove scrive svariati romanzi, racconti, saggi e articoli. Nel 1988 si trasferisce a Parigi, dove vive fino al 2001, lavorando per cinema, televisione, radio e giornali, e dove il Centre Pompidou ospita una mostra dei suoi lavori, compresi disegni, foto e litografie.

Nel 1992 pubblica in Francia il romanzo Le Veilleur *(Ch. Bourgois Editeur, Parigi), cui seguono i romanzi* Still-life with Books, Fear *(Bridge Works Publishing, New York, 1993 e 1998),* Twist *(Abingdon Square Publishing, New York, 2010), oltre all'antologia* The Real Illusion, *pubblicata a New York nel 2009.*

Viaggiatore instancabile, nel 2001 Simon si trasferisce a Rio de Janeiro, lavorando come corrispondente per Global Radio News.

Muore prematuramente nel dicembre 2012, nella sua città natale.

Passaparola *è il primo libro di Simon Lane tradotto in Italia, p[r]ecedentemente uscito in Brasile (Editora Records, 2003) e in Spa[gna] (El Tercer Nombre, 2005).*

Indice

www.ottolibri.it